Julianus

Kaiser Julians Bücher gegen die Christen, nach ihrer Wiederherstellung

Antigonos

Julianus

Kaiser Julians Bücher gegen die Christen, nach ihrer Wiederherstellung

Unveränderter Nachdruck der Originalausgabe von 1880.

1. Auflage 2024 | ISBN: 978-3-38693-849-5

Antigonos Verlag ist ein Imprint der Outlook Verlagsgesellschaft mbH.

Verlag: Outlook Verlag GmbH, Zeilweg 44, 60439 Frankfurt, Deutschland
Vertretungsberechtigt: E. Roepke, Zeilweg 44, 60439 Frankfurt, Deutschland
Druck: Libri Plureos GmbH, Friedensallee 273, 22763 Hamburg, Deutschland

KAISER JULIANS

BÜCHER GEGEN DIE CHRISTEN.

NACH IHRER WIEDERHERSTELLUNG

ÜBERSETZT

VON

KARL JOHANNES NEUMANN.

LEIPZIG,

DRUCK UND VERLAG VON B. G. TEUBNER.

1880.

Vorwort.

Meiner Ausgabe der Schrift Kaiser Julians gegen die Christen (Iuliani imperatoris librorum contra Christianos quae supersunt. Lipsiae, in aedibus B. G. Teubneri, 1880; a. u. d. T.: Scriptorum Graecorum qui Christianum impugnaverunt religionem quae supersunt. Fasciculus III.) gebe ich eine deutsche Uebersetzung bei. Eingehender Betrachtung des Einzelnen gegenüber war mir die Möglichkeit erwünscht, meine Auffassung zweifelhafter Stellen anzudeuten. So mag denn diese Uebersetzung als geringer Ersatz eines Commentars dienen. Zugleich soll sie dem Historiker, der die Anschauungen vom Christenthum zu kennen wünscht, über welche die alte Kirche nach langem Kampfe den Sieg errang, sowie dem Apologeten, der die Aufgaben der Gegenwart mit denen einer gefahrvollen Vergangenheit vergleichen will, einen raschen Ueberblick über Methode und Inhalt der Polemik gewähren.

Die Uebersetzung folgt dem Texte meiner Ausgabe. In beide ist nur aufgenommen, was als von Julian herrührend ausdrücklich bezeugt ist. Ausgeschlossen ist, was sich aus den Fragmenten der verlorenen Bücher Cyrills und Theodors von Mopsuestia über den Inhalt der Julianischen Polemik nur vermuthen lässt. Diese Vermuthungen sind auf Seite 125 bis 137 der Prolegomena zu meiner Ausgabe zu finden.

In der Uebertragung der Bibelstellen habe ich mich thunlichst an Luther angeschlossen.

Herr Professor Harnack hat die ausnehmende Güte gehabt, auch von diesem Hefte eine Correctur zu lesen.

Halle a. S., im September 1880.

Karl Johannes Neumann.

KAISER JULIANS

BÜCHER

GEGEN DIE CHRISTEN.

Erstes Buch.

39 A   Es scheint mir angebracht jedermann die Gründe dar-
zulegen, die mich überzeugt haben, dass die trügliche Lehre
39 B der Galiläer eine aus Bosheit angestiftete Erfindung von
Menschen ist. Trotzdem nichts in ihr von Gott ist, hat
sie es durch Ausnutzung der fabelsüchtigen, kindischen
und unverständigen Seite der Seele zuwege gebracht, dass
ihre Wundererzählung als Wahrheit geglaubt wird.

41 E   Da ich mich aber anschicke alle bei den Galiläern
sogenannten Dogmen zu behandeln, will ich eins voraus
bemerken. Wenn anders meine Leser widersprechen wollen,
so sollen sie, wie vor Gericht, nicht Dinge einmengen,
die nicht zur Sache gehören, und sollen auch, dem Sprich-
wort folgend, vor der Rechtfertigung ihrer eigenen An-
42 A sichten nicht selbst Anschuldigungen erheben. Denn so
ist's besser, und grössere Klarheit wird erreicht, wenn sie
ein gesondertes Verfahren einleiten, um möglicherweise
an uns etwas zu rügen, und wenn sie in ihrer Antwort
auf unsere Angriffe keine Gegenbeschuldigung vorbringen.

42 E   Es ist angemessen mit wenig Worten daran zu er-
innern, woher und auf welche Weise wir Menschen zuerst zur Gottesidee gelangt sind. Dann will ich die Aus-
43 A sagen der Hellenen und Hebräer über die Gottheit einander
gegenüberstellen und zuletzt die Leute fragen, die weder
Hellenen noch Juden sind, sondern zur Sekte der Galiläer
gehören, weshalb sie dem hellenischen Glauben den jüdischen
vorgezogen haben, und ferner, warum sie denn nicht einmal den Juden treu bleiben, sondern auch von diesen sich
losgesagt und einen Weg für sich eingeschlagen haben.

Sie haben verworfen, was an schönen und bedeutsamen
Lehren bei uns Hellenen und bei den auf Mose zurück-
gehenden Hebräern sich findet; von beiden aber für sich
abgehoben, was diesen Völkern wie ein unheilvoller Dämon
sich angeheftet hat, die Gottlosigkeit von der Leichtfertig- 43 B
keit der Juden, ein leichtsinniges und lockeres Leben von
unserer Sorglosigkeit und Gemeinheit — und das alles
wollten sie als die beste Religion bezeichnet wissen.

Dass aber der Mensch die Gotteserkenntniss nicht 52 B
erst durch Unterweisung erworben hat, sondern von Natur
besitzt, dafür zeuge uns zunächst der allgemeine Zug der
gesammten Menschheit zu der Gottheit, wie er im Leben
des Einzelnen und des Staates, beim Individuum und den
Völkern hervortritt. Sind wir alle doch ohne Unterweisung zu dem Glauben an eine Gottheit gelangt! Ueber
deren Wesen Genaues zu erfahren ist freilich nicht für
alle leicht, und auch den Wissenden ist es nicht möglich, ihre Erkenntniss allen anderen mitzutheilen.....[1])
Zu dieser Vorstellung der gesammten Menschheit tritt
noch eine andere hinzu. Wir sind nämlich von Natur so
eng mit dem Himmel und den an ihm sichtbaren Göttern 52 C
verbunden, dass auch, wer etwa ausser diesen einen anderen
Gott annimmt, der dies vor allen übrigen wäre, ihm als
Wohnort unter allen Umständen den Himmel zuweist. Darum
trennt er ihn nicht etwa von der Erde, sondern lässt ihn
vielmehr von dem Sitze aus, den er ihm, dem Könige des
Alls, als den allererhabensten eingeräumt, die irdischen Verhältnisse gleichsam in Obacht nehmen.

Was soll ich hier Hellenen und Hebräer mir erst zu 69 B
Zeugen rufen? Niemanden giebt's, der nicht beim Gebet
die Hände gen Himmel emporhebt und, wenn er bei Gott
oder mehreren Göttern schwört, sich dorthin wendet, von
wo aus allein er zur Gottesidee gelangt ist. Und sein
Gefühl hat ihn darin nicht getäuscht. Denn man beob-
achtete, wie das Himmelsgewölbe sich weder verkleinert noch
vergrössert, wie es keinem Wandel unterworfen ist und

---

1) Hier fehlt etwas im Text.

keine ungeordnete Bewegung duldet, wie es vielmehr sich harmonisch bewegt und gleichmässig geordnet ist, wie das 69 C Leuchten des Mondes geregelt ist, geregelt der Aufgang und der Untergang der Sterne immer zur festgesetzten Zeit: dies sah man und erklärte demgemäss mit Recht das Himmelsgewölbe für Gott und Gottes Thron. Da ein derartiges Wesen sich durch keine Zuthat vergrössert und auch nicht durch Abnahme gemindert wird, da es ferner von keiner Veränderung durch Umgestaltung oder Wandel berührt wird, so ist es keinem Vergehen und keinem Werden unterworfen, und da von Natur dem Tode und dem Verderben entrückt, ist es rein von jeglichem Makel. Ewig und, wie wir sehen, in steter Bewegung wird es entweder von einer kraftvolleren und göttlicheren Seele in seinem Inneren, etwa wie unser Leib von der Seele in uns, erregt und im Kreise um den erhabenen Schöpfer getragen, oder es erhält von der Gottheit selbst den Anstoss und vollendet so seinen unermesslichen Kreislauf in unaufhörlicher und ewiger Bewegung.

44 B Freilich haben die Hellenen ihre Göttermythen unglaublich und monströs gebildet. So sagen sie, Kronos habe seine Kinder verschlungen und dann wieder von sich gegeben. Und sie reden sogar von frevlen Ehen. Denn mit seiner Mutter habe sich Zeus verbunden und die Tochter[1]), die er mit ihr gezeugt, zur Frau genommen, oder vielmehr er habe sie nicht einmal zur Frau genommen, sondern sich ohne weiteres mit ihr verbunden[2]) und sie dann einem anderen[3]) abgetreten. Ferner wird Dionysos zerrissen, und seine Glieder werden wieder zusammengefügt. Derartiges berichten die Mythen der Hellenen. Mit diesen ist die jüdische Lehre zu vergleichen, wie
75 A lenen. Mit diesen ist die jüdische Lehre zu vergleichen, wie Gott das Paradies pflanzt und den Adam formt, wie ferner 1. Mos. 2, 8. 7. für diesen das Weib geschaffen wird. Denn Gott spricht: 1. Mos. 2, 21. 22. 'Es ist nicht gut, dass der Mensch allein sei, ich will ihm 1. Mos. 2, 18. eine Gehilfin machen, die um ihn sei' — die ihm gar nichts

---

1) Persephone.
2) Die Frucht dieser Verbindung war Zagreus.
3) Dem Hades.

geholfen, ihn vielmehr betrogen hat und mit die Ursache
1. Mos. 3, 23. geworden ist, dass er und sie selbst des Wohllebens im
Paradiese verlustig gegangen sind. Das alles ist doch
durchaus fabelhaft. Denn wie wäre es nicht absurd, dass
Gott nicht wissen sollte, was er in hilfreicher Absicht
schafft, werde dem Empfänger nicht sowohl zum Segen
1. Mos. 3, 1—5. gereichen, als vielmehr zum Unheil ausschlagen? Was 86 A
für einer Sprache soll ferner die Schlange sich in ihrem
Gespräch mit der Eva bedient haben? Etwa der der
Menschen? Und wodurch unterscheiden sich solche
Fabeleien von den Mythen, wie sie Hellenen bilden? Ist 82 A
es nicht auch im höchsten Grade widersinnig, wenn Gott
1. Mos. 2, 17. dem Menschen, den er selbst geschaffen hat, die Kennt-
niss des Unterschiedes von gut und böse vorenthält? Kann
es denn etwas einfältigeres geben, als einen, der zwischen
gut und schlecht nicht zu unterscheiden vermag? Ein
solcher Mensch wird offenbar einmal das Uebel nicht
meiden und andrerseits auch nicht dem Guten nach-
streben. Was aber die Hauptsache ist, Gott hat nicht
gewollt, dass der Mensch an vernünftiger Einsicht Theil
habe, und dabei giebt es nichts, was für denselben grös- 89 B
seren Werth hätte. Denn dass die Unterscheidung von
gut und böse recht eigentlich ein Ausfluss vernünftiger
Einsicht ist, das sieht wohl auch der Stumpfsinnigste
deutlich ein. Demgemäss war der Einfluss der Schlange 93 D
auf die menschliche Entwickelung vielmehr ein wohlthätiger
1. Mos. 3, 13 ff. und keineswegs ein verderblicher. Wenn es so steht, muss 95 E
man Gott als missgünstig bezeichnen. Denn wie er den
Menschen zu vernünftiger Einsicht gelangt sah, vertrieb
er ihn aus dem Paradiese, damit derselbe nicht, wie er
sich ausdrückt, vom Baume des Lebens koste. Folgendes
1. Mos. 3, 22. sind seine eigenen Worte: 'Siehe, Adam ist geworden als
unser Einer und weiss, was gut und böse ist. Dass er
nun nicht auch seine Hand ausstrecke und breche vom
Baume des Lebens und esse und lebe ewiglich.' Wenn
alle diese Geschichten nicht etwa Mythen sind, deren Kern 94 A
eine mysteriöse Speculation bildet, dann strotzen die Erzählungen von Gott wenigstens meinem Dafürhalten nach

von Lästerung. Denn dies vorgebliche Nichtwissen, dass die zur Gehilfin erschaffene Frau bestimmt ist, die Ursache des Falles zu werden, dies Verbot der Erkenntniss des Guten und Schlechten, wie es wohl für sich allein im Stande wäre, den menschlichen Geist in engen Schranken zu halten, und dazu noch die eifersüchtige Sorge, dass der Mensch nicht vom Baume des Lebens koste und so, dem Tode entrückt, zur Unsterblichkeit eingehe: dies alles zeugt von argem Neid und übergrosser Missgunst.

96 C   In dem, woran die Juden mit Recht glauben und was auch uns von Alters her die Väter überliefert haben, kann unsere Untersuchung nicht einmal den unmittelbaren Schöpfer dieser Welt aufweisen. Von den Göttern natürlich, welche noch über diesen erhaben sind, hat Moses vollends geschwiegen. Hat er es doch nicht einmal ge- 96 D wagt über die Natur der Engel etwas auszusagen! Dass dieselben Gott dienen, hat er zwar auf verschiedene Weise oft bemerkt; ob sie aber geworden oder ewig sind, ob Gott, zu dessen Dienste sie bestellt sind, auch ihr Schöpfer ist, über dies und über ähnliches·hat er sich nirgends deutlich ausgesprochen. Dagegen verbreitet er sich über die ordnende Schöpfung des Himmels, der Erde und der irdischen Wesen. Einiges davon lässt er auf Befehl Gottes werden, so das Licht und die Feste, anderes lässt er von ihm gemacht werden, wie Himmel und Erde, Sonne und 96 E Mond, wieder anderes, was wohl vorhanden, aber bis dahin nicht sichtbar war, lässt er ihn scheiden, ich meine, das Wasser und das Trockene. Er hat es aber nicht einmal gewagt dieser Auseinandersetzung ein Wort über die Entstehung oder Erschaffung des Geistes beizufügen, sondern sich darauf beschränkt zu sagen: Und der Geist Gottes schwebte über dem Wasser. Ob derselbe aber ewig oder geworden ist, darüber giebt er keine Aufklärung.

49 A   Hier wollen wir, wenn es euch recht ist, die Darstellung Platons zur Vergleichung herbeiziehen. Man achte also darauf, was dieser vom Schöpfer aussagt und was für Worte er ihm bei der Entstehung der Welt in den Mund legt, damit wir den Schöpfungsbericht des Platon

und des Moses einander gegenüberstellen können. Dabei dürfte es wohl zu Tage treten, wer den Vorrang verdient und in höherem Grade des Verkehrs mit der Gottheit würdig war, ob Platon, der den Götterbildern fromme Verehrung erwies, oder der Mann, von dem die Schrift
4. Mos. 12,8. sagt, dass mündlich Gott zu ihm geredet hat.   49 B

1. Mos. 1, 1.   'Im Anfange schuf Gott den Himmel und die Erde.
1. Mos. 1, 2. Die Erde aber war unsichtbar und ungeordnet und Finsterniss über der Tiefe. Und der Geist Gottes schwebte über
1. Mos. 1, 3. dem Wasser. Und Gott sprach: Es werde Licht. Und
1. Mos. 1, 4. es ward Licht. Und Gott sah, dass das Licht gut war.
1. Mos. 1, 5. Und Gott schied zwischen Licht und Finsterniss. Und Gott nannte das Licht Tag, und die Finsterniss nannte er Nacht. Und es ward Abend, und es ward Morgen,
1. Mos. 1, 6. ein Tag. Und Gott sprach: Es werde eine Feste in Mitten
1. Mos. 1, 8.
1. Mos. 1, 9. des Wassers. Und Gott nannte die Feste Himmel. Und 49 C Gott sprach: Es sammle sich das Wasser unter dem Himmel an einen Ort, dass man das Trockene sehe. Und
1. Mos 1, 11. es geschah also. Und Gott sprach: Es lasse die Erde aufspriessen nährendes Kraut und fruchtbare Bäume.
1. Mos. 1, 14. Und Gott sprach: Es werden Lichter an der Feste des
1. Mos. 1, 17. Himmels, dass sie scheinen auf Erden. Und Gott setzte sie an die Feste des Himmels, dass sie den Tag und die 49 D Nacht regiereten.'

Hier sagt Moses weder bei der Tiefe noch der Finsterniss noch dem Wasser etwas von einer Erschaffung durch Gott. Nachdem er es aber bei dem Lichte ausdrücklich bemerkt, dass dasselbe auf das Geheiss Gottes geworden sei, hätte er zweifelsohne doch auch bei der Nacht, der Tiefe und dem Wasser etwas bemerken müssen. Er schweigt aber davon, obwohl er häufig diese Dinge erwähnt, und redet von ihnen wie von Sachen, die einmal da sind. Auch ein Entstehen oder eine Erschaffung der Engel erwähnt er nicht, und redet auch nicht von der Art und Weise ihrer Einführung ins Dasein; vielmehr beschränkt er sich 49 E auf den Bericht über die himmlischen und irdischen Körper. Der mosaischen Darstellung zufolge ist Gott demnach keineswegs der Schöpfer von etwas Geistigem, sondern nur

der Ordner eines vorhandenen Stoffes. Denn Worte wie 'die
Erde aber war unsichtbar und ungeordnet' können nur die ₁.Mos. 1, 2.
eines Mannes sein, der das Feuchte und das Trockene
den Stoff sein lässt und als dessen Ordner die Gottheit
einführt.

57B   Vernimm dagegen den Bericht Platons über die Welt.
· 57C War der ganze Himmel oder die Welt — oder, wenn er ^Plato Tim. 28 BC.
sonst einen Namen lieber hat, so wollen wir diesen gebrauchen — war also der Himmel stets vorhanden, ohne
dass es einen Beginn seines Werdens gegeben hätte, oder
ist er geworden, von einem Anfange ausgehend? Er ist
geworden, denn er ist sichtbar und greifbar und ein Körper.
Alles derartige aber ist sinnlich wahrnehmbar, dieses aber,
im Verein mit der Wahrnehmung der Sinne durch die
Einbildungskraft zu erfassen, ist in die Erscheinung getreten als ein Werdendes und Erzeugtes.... So müssen Tim. 30B.
wir nun der Wahrscheinlichkeit gemäss erklären, dass
57D diese Welt als ein lebendes Wesen mit Seele und Ver-
57E nunft in Wahrheit durch Gottes Fürsorge entstanden sei.

Wir wollen aber immer nur Eines mit dem Anderen
vergleichen. Was und wie redet Gott bei Moses und wie
bei Platon?

58A   'Und Gott sprach: Lasset uns Menschen machen zu ₁.Mos.1,26.
unserem Bilde und uns ähnlich, die da herrschen über
die Fische des Meeres und über die Vögel des Himmels
und über das Vieh und über die ganze Erde und über
alles Gewürm auf Erden. Und Gott schuf den Menschen, ₁.Mos.1,27.
zum Bilde Gottes schuf er ihn, männlich und weiblich
schuf er sie und sprach: Mehret euch und verbreitet euch ₁.Mos.1,28.
und füllet die Erde und machet sie euch unterthan. Und
58B sie sollen herrschen über die Fische des Meeres und über
die Vögel des Himmels und über alles Thier und über
die ganze Erde.'

. Höre nun auch die Worte, die Platon dem Schöpfer
des Alls beilegt.

'Götter von¹) Göttern! Die Werke, deren Meister und ^Plato Tim. 41 ABC.

---

1) Ich habe nicht übersetzt 'Götter Söhne von Göttern' mit
Rücksicht auf 65 C und 65 E.

Vater ich bin, sind unauflösbar, wenn ich es so will. Freilich ist jegliches Gebundene lösbar, jedoch nur ein Böser kann auflösen wollen, was schön gefugt und gut beschaffen ist. Also seid ihr zwar, da ihr geboren seid, nicht unsterblich und nicht gänzlich unauflösbar, aber ihr werdet doch nicht der Auflösung verfallen und des Todes Schicksal wird euch nicht treffen, da ihr an meinem Willen 58 C ein mächtigeres und unverbrüchlicheres Band besitzet, als dasjenige war, welches bei eurer Geburt jeden von euch zusammenband[1]). Jetzt aber prägt euch ein, was ich euch offenbare. Es fehlen noch drei sterbliche Geschlechter, die noch nicht erzeugt sind; ohne ihr Entstehen aber kann der Himmel seine Vollendung nicht erreichen, weil er sonst nicht alle Arten lebender Wesen in sich birgt. Wenn aber ich diese fehlenden Arten schüfe und ihnen Theil am Leben gäbe, so würden sie den Göttern gleich. Damit sie nun dem Tode unterworfen seien und damit dies Weltall in Wahrheit ein All sei, so wendet euch, eurer Natur folgend, der Erschaffung der lebenden Wesen zu und ahmt die Kraft nach, die ich bei eurer Erzeugung bewiesen. Was aber an ihnen gleichen Namen mit den Unsterblichen 58 D führen soll, was göttlich heisst und bei denen unter ihnen vorherrscht, die stets dem Rechte und euch zu folgen bereit sind, dafür will ich euch Samen und Anfang geben. Im Uebrigen aber vollendet und zeuget ihr die lebenden Wesen, dem Unsterblichen das Sterbliche anfügend, lasset sie durch Nahrung zunehmen, die ihr ihnen spendet, und nehmet sie nach dem Tode wieder auf.'

Aber erwäget, ob dies nicht etwa eine Träumerei ist, 65 A und lasset es euch erklären! Als Götter bezeichnet Platon sichtbare Wesen wie Sonne und Mond, die Sterne und den Himmel; aber diese sind nur Abbilder von unsichtbaren. Die unseren Augen erscheinende Sonne ist das Abbild einer geistigen und unsichtbaren, und ebenso ist der Mond, den unsere Augen erblicken, und jeder der Sterne das Abbild eines geistigen Wesens. Platon kennt

---

1) Cf. Bernays, die unter Philons Werken stehende Schrift über die Unzerstörbarkeit des Weltalls p. 223 f.

nun diese unsichtbaren Gottheiten, die in und mit dem
Schöpfer existiren und aus ihm durch Zeugung hervorgegangen sind. Angemessen sagt daher bei ihm der
65 C Schöpfer: 'Götter', wobei er sich an die unsichtbaren Plato Tim.
41 A.
wendet, 'von Göttern', nämlich den erscheinenden. Beide
aber haben einen gemeinsamen Schöpfer, ihn, der Himmel
und Erde, das Meer und die Sterne gebildet und jedem
von ihnen ein Urbild in einem geistigen Wesen erzeugt
hat. Gieb nun Acht, ob es auch mit diesen Göttern seine
Richtigkeit habe. 'Noch fehlen', spricht der Schöpfer, Plato Tim.
41 B.
'drei sterbliche Geschlechter', nämlich die der Menschen,
Thiere und Pflanzen; denn es wird jede dieser Arten durch
ihr eigenes Gesetz bestimmt. 'Wenn nun auch alles dies', Plato Tim.
41 C.
65 D so fährt er fort, 'von mir geschaffen würde, so müsste
es durchaus unsterblich werden.' Denn auch die nicht
sinnlichen Götter und das sichtbare Weltall sind nur aus
dem Grunde unsterblich, weil sie dem Schöpfer ihre Entstehung verdanken. Wenn es nun heisst 'was unsterblich Plato Tim.,
41 C.
ist, muss ein Geschenk des Schöpfers an sie sein', so
ist dies die vernünftige Seele. 'Das übrige aber, spricht Plato Tim.
41 C.
65 E der Schöpfer, fügt ihr hinzu, dem Unsterblichen das Sterbliche.' Offenbar überkamen also die schaffenden Götter
von ihrem Vater die Schöpferkraft und erzeugten so auf
Erden, was unter den lebenden Wesen sterblich ist. Wenn
nämlich gar kein Unterschied zwischen dem Himmel und
dem Menschen, ja dem Thiere bestehen sollte bis hinab
selbst zu dem Gewürm und den kleinen Fischen, die im
Meere schwimmen, dann hätte allerdings für Alles der
Schöpfer ein und derselbe sein müssen. Wenn aber das
Sterbliche vom Unsterblichen durch einen grossen Ab-
stand getrennt ist, der durch keine Zuthat vergrössert,
66 A aber auch nicht durch Abnahme verringert wird, so muss
dieses auf einen anderen Urheber als jenes zurückgehen.
99 D   Da demnach Moses, wie es scheint, nicht einmal über
den unmittelbaren Schöpfer dieser Welt einen vollständigen
Bericht erstattet hat, so wollen wir die Meinung der He-
99 E bräer und die unserer Väter über eben diese Stämme einander gegenüberstellen.

Moses sagt, der Schöpfer dieser Welt habe sich das Volk der Hebräer auserwählt: um dieses allein bekümmere er sich und sorge für dasselbe; über dieses allein lässt Moses ihn die Aufsicht führen. Aber auf welche Weise und unter der Herrschaft welcher Götter die anderen Völker ihre Angelegenheiten ordnen, darüber findet sich bei ihm kein Wort; höchstens könnte einer das zugestehen, dass er ihnen die Sonne und den Mond zugebilligt hat. Aber hiervon etwas später. Ich will jedoch den Nachweis liefern, dass sowohl Moses und die Propheten nach ihm als auch Jesus von Nazareth, ja auch Paulus, der alle Gaukler und Betrüger aller Orte und aller Zeiten übertrifft, den Schöpfer nur für den Gott von Israel und Judäa und die Juden für seine Auserwählten erklärt haben. Höret ihre eigenen Worte und zwar zunächst die des Moses: 'Du sollst zum Pharao sagen: Israel ist mein erstgeborner Sohn; ich aber sage: Lass mein Volk ziehen, dass es mir diene. Du aber wolltest es nicht ziehen lassen.' Und bald darauf: 'Und sie sprechen zu ihm: Der Hebräer Gott hat uns gerufen; so lass uns nun hinziehen drei Tagereisen in die Wüste und dem Herrn, unserm Gott, opfern.' Und bald darauf wiederum in ähnlicher Weise: 'Der Herr, der Hebräer Gott hat mich zu dir gesandt und gesagt: Lass mein Volk, dass mir's diene in der Wüste'....[1] Dass aber Gott sich von Anfang an nur um die Juden bekümmert und dieses Theil sich auserwählt habe, das hat offenbar nicht nur Moses und Jesus, sondern auch Paulus gesagt; gleichwohl muss dies bei Paulus Wunder nehmen. Denn mit Rücksicht auf den Erfolg ändert er seine Ansichten über Gott, wie die Polypen ihre Farbe nach den Felsen wechseln, und behauptet jetzt, allein die Juden seien Gottes Theil, ein andermal aber sucht er die Hellenen dazu zu überreden ihm beizutreten und sagt: 'Gott ist nicht allein der Juden Gott, sondern auch der Heiden Gott. Ja freilich auch der Heiden Gott.' Es ist nun recht und billig an Paulus die Frage zu stellen, warum 106 C

Marginalien: 5. Mos. 4, 19. | 100 A | 2. Mos. 4, 22. | 2. Mos. 4, 23. | 100 B | 2. Mos. 5, 3. | 2. Mos. 7, 16. | 106 A B | Röm. 3, 29.

---

[1] Es fehlen die Worte der Propheten und Jesu.

Gott, wenn er nicht nur der Juden, sondern auch der Heiden Gott ist, wohl den Juden in reichem Maasse die Gabe der Prophetie gesandt hat, den Moses, das Priesterthum[1]), die Propheten, das Gesetz und alles Unglaubliche und Wunderbare, wovon ihre Mythen berichten. Denn man hört sie rufen: 'Engelbrot hat der Mensch gegessen.' Ps. 78, 25. Endlich hat Gott auch Jesum zu ihnen gesandt, uns aber keinen Propheten, keinen Priester, keinen Lehrer, keinen Verkündiger seiner Liebe, die doch auch uns einmal, wenn auch 106D spät, zu Theil werden soll. Vielmehr sah er es Myriaden oder, wenn ihr es so wollt, wenigstens Tausende von Jahren ruhig an, wie die Völker vom Aufgang bis zum Niedergang der Sonne und vom Norden bis gen Mittag in grösster Unwissenheit den Götzenbildern, wie ihr euch ausdrückt, dienten, mit Ausnahme eines noch dazu kleinen Geschlechtes, das vor noch nicht ganz zweitausend Jahren in einem Theile von Palästina seinen gemeinsamen Wohnsitz nahm. Warum also hat Gott uns nicht beachtet, wenn er wirklich unser aller Gott ist und Schöpfer aller in 100C gleicher Weise? Es ziemt sich demgemäss, den Gott der Juden nicht für den Schöpfer der ganzen Welt und den Herrn aller Dinge zu halten, vielmehr muss er, wie ich bereits bemerkt, eingeschränkt sein, und bei seiner begrenzten Herrschaft auf einer Stufe mit den übrigen 106 DE Göttern gedacht werden. Sollen wir noch auf euch hören, da ihr, oder doch einer aus eurem Stamme, in euren Gedanken von dem Gotte des Alls bei einer mindestens dürftigen Vorstellung angelangt seid? Gott ist ein eifer- 2. Mos. 20, 5. süchtiger Gott. Aus welchem Grunde aber eifert er so, dass er sogar die Sünden der Väter an den Kindern heimsucht?

115D Im Vergleich mit diesen Ansichten betrachtet wiederum unsere Lehre. Unsere Gesinnungsgenossen erklären den Schöpfer für den gemeinsamen Vater und König aller und lassen ihn im Uebrigen die Völker an Volks- und Stadtgottheiten vertheilen, von denen jede ihren Theil

---

1) Eigentlich 'die Salbung'; aber vgl. 2. Mos. 29, 7.

ihrer Natur angemessen verwaltet. Denn bei dem Vater
ist alles vollkommen und alles vereint, dagegen waltet 115E
bei jedem Theilgott ein anderes Vermögen vor. So be-
herrscht Ares die kriegerischen Völker, Athene diejenigen,
welche kriegerisch und weise zugleich sind, Hermes die
mehr verschlagenen als kühnen, und immer schliesst sich
dem Wesen seines eigenen Gottes das von ihm beherrschte
Volk an. Wenn nun diesen unseren Worten die Erfahrung
widerspricht, so mag man unsere Lehre als Erfindung und
als einen unpassenden Versuch zu überreden bezeichnen,
und eure Meinung finde Beifall. Wenn aber ganz im 116A
Gegentheil seit unvordenklichen Zeiten die Erfahrung für
unsere Darstellung Zeugniss ablegt, und sich nirgends
etwas findet, was zu eurer Ansicht passt: warum lasst
ihr dann nicht ab von eurer argen Streitsucht? Man
möge mir aber eine Ursache dafür angeben, dass Kelten
und Germanen verwegen sind, Griechen und Römer im
Allgemeinen für das Staatsleben geeignet und menschen-
freundlich, zugleich aber unbiegsam und kriegerisch,
warum die Aegypter mehr verschlagen und im Handwerk
erfahren sind, unkriegerisch dagegen und üppig die Syrer,
dabei ebenfalls verschlagen, hitzig, leichtsinnig und ge-
lehrig. Wer nun für die Verschiedenheit der Völker keine 116B
Ursache erkennen will, vielmehr erklärt, diese Dinge
hätten auch von selbst so werden können, wie kann der
noch glauben, dass die Einrichtung der Welt von einer
Vorsehung abhängt? Wenn aber einer wirklich Ursachen
für diese Dinge annimmt, so leite er mir eine vom Schöpfer
selbst ab und belehre mich! Ferner haben die Menschen 131B
die Gesetze offenbar ihrer Natur entsprechend gegeben,
dem Staate förderliche und menschenfreundliche diejenigen,
denen vor allen die Menschenfreundlichkeit eingeprägt war,
andere aber, in denen die entgegengesetzte Charakteranlage 131C
sich fand und vorwaltete, gaben grausame und menschen-
feindliche. Denn die Gesetzgeber haben durch ihre Zucht
zu der natürlichen Anlage wenig hinzuzufügen vermocht.
So nahmen die Skythen den Anacharsis gar nicht auf,
weil sie ihn für rasend hielten. Auch bei den Völkern

des Westens dürfte man schwerlich Leute oder doch nur ganz wenige finden, die für die Philosophie oder Geometrie oder eine ähnliche Wissenschaft geeignet wären; und doch waltet dort bereits seit geraumer Zeit die Herrschaft der Römer. Vielmehr finden dort die besonders talentvollen Leute ausschliesslich an der Debatte und der Kunst der Rede Gefallen, an der Pflege einer anderen Wissenschaft dagegen betheiligen sie sich nicht. So dauerhaft ist eben die Natur. Woher kommt nun aber die Verschiedenheit der Völker in Charakter und Gesetz?

134D   Für die Unähnlichkeit der Sprachen hat Moses eine durchaus fabelhafte Ursache angegeben. Nach seinem Berichte hätten sich die Menschenkinder vereinigt in der Ab-
134E sicht, eine Stadt und einen grossen Thurm darin zu bauen, Gott aber hätte gesagt, da müsse er herniederfahren und ihre Sprachen verwirren. Damit aber niemand glaube, dass ich dem Moses diese Ansicht verleumderisch unterschiebe, will ich aus seinen Büchern selbst Folgendes vorlesen: 'Und sie sprachen: Wohlauf, lasset uns eine Stadt 1. Mos. 11, 4. und einen Thurm bauen, dess Spitze bis an den Himmel reiche, dass wir uns einen Namen machen, ehe wir zerstreut werden in alle Länder. Da fuhr der Herr hernieder, 1. Mos. 11, 5. dass er sähe die Stadt und den Thurm, die die Menschenkinder baueten. Und der Herr sprach: Siehe, es ist einerlei 1. Mos. 11, 6.
135A Volk und einerlei Sprache unter ihnen allen, und haben das angefangen zu thun, sie werden nicht ablassen von allem, das sie vorgenommen haben zu thun. Wohlauf, 1. Mos. 11, 7. lasset uns herniederfahren und ihre Sprache daselbst verwirren, dass Keiner des Anderen Sprache vernehme! Also 1. Mos. 11, 8. zerstreuete sie der Herr in alle Länder, dass sie mussten aufhören die Stadt zu bauen.' Ihr verlangt nun von uns, dass wir diesem Berichte glauben sollen, ihr aber schenkt dem keinen Glauben, was Homer von den Aloaden
135B erzählt, dass sie nämlich drei Berge auf einander zu thürmen planten, 'dass ersteigbar werde der Himmel'. Hom. Od. XI, 316. Natürlich erkläre ich auch diese Erzählung für annähernd ebenso fabelhaft wie jene. Wenn ihr aber die eine annehmt, warum in aller Welt verwerft ihr die homerische

Fabel? Denn darauf kann man sich so ungebildeten Leuten gegenüber, wie ihr es seid, nicht berufen, dass, wenn auch alle Menschen auf dem ganzen Erdkreis einerlei Sprache und Zunge hätten, sie doch nicht im Stande wären einen Thurm zu bauen, der bis an den Himmel reichte, und wenn sie aus der ganzen Erde Ziegeln strichen. Denn 135C ein solcher würde unzählige Ziegeln nöthig haben, jeder so gross wie die ganze Erde, um hinauf bis an des Mondes Rund zu reichen. Auch angenommen, alle Menschen hätten einerlei Zunge und Sprache und hätten sich so zusammengethan und hätten aus der ganzen Erde Ziegeln gestrichen und Steine gehauen, wann würde er wohl an den Himmel reichen, wenn er auch seine Ausdehnung nur dadurch erlangte, dass man sich ihn dünner als ein Seil emporwinden liesse? Wenn ihr nun diesen Mythos, der dies so offenbar ist, für wahr haltet und glaubt, dass Gott aus Furcht vor einer Gewaltthat der Menschen herniedergefahren sei, um ihre Sprachen zu verwirren, so wagt ihr es noch, euch Gotteserkenntniss prahlend zuzuschreiben?

Ich wende mich wieder zur Besprechung der Art und 137E Weise zurück, auf welche Gott die Sprachen verwirrt hat. Eine Ursache dafür hat Moses wohl angegeben, nämlich die Furcht Gottes, die Menschen möchten etwas gegen ihn unternehmen, wenn sie, einer Sprache und eines Sinnes, 138A sich Zugang zum Himmel verschafften; aber auf welche Weise Gott die Verwirrung bewerkstelligt habe, sagt Moses nicht, sondern bemerkt nur, er sei dazu vom Himmel niedergefahren — offenbar, weil er es nicht von oben her, ohne auf die Erde niederzufahren, hätte ausführen können. Ueber den Unterschied in Charakter und Sitte aber hat weder Moses noch irgend jemand anders Aufklärung gegeben; und gleichwohl ist der Unterschied der Völker in der Sitte und den staatlichen Einrichtungen unvergleichlich grösser als ihre Verschiedenheit in der Sprache. Welcher Hellene erklärt z. B. die Verbindung mit der Schwester, der Tochter, der Mutter für erlaubt? 138B Bei den Persern dagegen gilt eine solche für unanstössig.

Wozu aber Alles einzeln durchgehn, nachdem ich der Freiheitsliebe und Unbändigkeit der Germanen bereits gedacht, der Folgsamkeit und Fügsamkeit der Syrer, Perser, Parther und einfach aller Barbaren gen Morgen und Mittag und aller Völker, die im Besitze einer mehr despotischen Regierungsform zufrieden sind? Wenn nun diese Dinge von grösserer Bedeutung und grösserem Werthe ohne eine erhabenere und göttlichere Vorsehung zu Stande gekommen sind, warum bekümmern wir uns zwecklos um

138C ihn, der für nichts Sorge trägt und verehren ihn? 'Denn kann einer noch beanspruchen von uns geehrt zu werden, der sich weder um Lebensweise, Charakter und Sitten, noch um gesetzliche Ordnung und unsere Staatsverfassung bekümmert? Keineswegs. Ihr seht, was für ein Widersinn sich aus eurer Lehre ergiebt. Betrachtet man alle Güter des menschlichen Lebens, so stehen die geistigen voran, und es folgen die leiblichen. Wenn nun Gott, ohne deshalb für unsere natürlichen Verhältnisse Sorge zu

138D tragen, uns in Bezug auf die geistigen Güter vernachlässigt und uns nicht wie den Hebräern Lehrer und Gesetzgeber wie Moses und die ihm nachfolgenden Propheten gesandt hat, wofür können wir ihm dann mit Fug und Recht dankbar sein?

141C   Aber seht zu, ob Gott nicht vielleicht auch uns göttliche Leiter von hoher Trefflichkeit gegeben hat, von denen ihr keine Kunde hattet, die aber in nichts dem bei den Hebräern von Anfang an verehrten Gotte Judäas nachstehen, dem nach den Aussagen des Moses und seiner Nachfolger bis auf unsere Tage die Sorge allein für dieses

141D Land zugefallen ist. Ist aber der unmittelbare Schöpfer der Welt derselbe, den die Hebräer verehren, so sind unsere Anschauungen von ihm sogar noch würdiger, so hat er uns grössere Güter als jenen gegeben, geistige sowohl als äussere, wovon wir in Kurzem handeln werden, und hat auch zu uns Gesetzgeber gesandt, die dem Moses in nichts unterlegen sind, wenn nicht vielmehr die meisten ihn hoch überragen.

143A   Wenn nun, wie bemerkt, nicht für jedes Volk ein

Volksgott, der die Herrschaft führt, ein Bote unter ihm,
ein Dämon und ein eigenes Geschlecht von Geistern, das 143B
den Mächtigeren dient und Hülfe leistet, den Unterschied
in Gesetz und Charakter begründet hat, so möge man
zeigen, wie dies von jemand anders herrühren kann. Es
genügt aber auch nicht zu sagen: 'Gott sprach und es
ward'; denn das Wesen der werdenden Dinge muss mit
den Anordnungen Gottes im Einklang stehen. Ich will
deutlicher sagen, was ich meine. Hat Gott zufällig befohlen, dass das Feuer sich aufwärts hebe, und die Erde
sich senke? Musste nicht vielmehr das Feuer leicht sein
und die Erde schwer, wenn das Geheiss Gottes sich er- 143C
füllen sollte? Und so ist es mit allen übrigen Dingen
ähnlich....[1]) Ebenso geschieht es mit den göttlichen
Dingen. Die Ursache ist, dass das Menschengeschlecht
dem Tode unterworfen und vergänglich ist; dem entsprechend sind auch seine Werke vergänglich, veränder-
lich und mannichfach wechselnd. Da Gott aber seinem
Wesen nach ewig ist, so müssen auch seine Anordnungen
derart sein. Bei einer solchen Beschaffenheit sind sie entweder das Wesen der Dinge oder stehen doch mit demselben in Einklang. Denn wie könnte dieses mit der
Anordnung Gottes im Widerspruch stehen? Wie könnte 143D
es aus dem Einklang heraustreten? Wenn Gott daher
auch angeordnet hat, wie die Sprachen sich verwirrten
und von einander abwichen, so sollte es auch mit den
staatlichen Einrichtungen der Völker geschehen, so hat
er durch seinen blossen Befehl das Wesen dieser Einrichtungen nicht auch so bestimmen und auch uns für
derartige Gegensätze nicht geeignet machen können. Denn
zuvor musste eine Verschiedenheit des Wesens für alle
Unterschiede gegeben sein, die in den Völkern sich finden
sollten. Dies erkennt man wenigstens, wenn man darauf
achtet, wie bedeutend Germanen und Skythen von Libyern
und Aethiopen auch in der Körperbildung abweichen. Liegt 143E
auch hier ein blosser Befehl vor, und ist neben den Göttern

---

1) Hier fehlt Einiges.

Luft und Land in der Bestimmung der Hautfarbe ohne Einfluss?

146A   Ferner hat Moses eine so wichtige Angelegenheit noch dazu wissentlich in Dunkel gehüllt und auch die
146B Verwirrung der Sprachen nicht auf Gott allein zurückgeführt. Denn er sagt, Gott sei nicht allein herniedergefahren, auch sei nicht nur einer zugleich mit ihm herniedergefahren, sondern mehrere, und er verschweigt, was das für Wesen waren; offenbar aber hielt er sie, die zugleich mit Gott herniederfahren sollten, für ihm ähnliche Wesen. Sind demnach zum Zwecke der Sprachentrennung nicht der Herr allein, sondern auch seine Begleiter herniedergefahren, so ist offenbar auch bei der Scheidung der Charaktere nicht der Herr allein als Urheber dieses Unterschiedes anzusehen, sondern ebenso diejenigen, die zugleich mit ihm die Sprachen verwirrt haben.

148B   Wozu habe ich nun aber eine so lange Auseinandersetzung gegeben, wo ich doch in Kürze reden wollte? Aus folgendem Grunde. Ist es der unmittelbare Schöpfer der Welt, den Moses verkündet, so sind unsere Anschauungen von ihm angemessener, da wir in ihm den gemeinsamen Herrn über Alles erkennen, und ausserdem Volksgötter annehmen, die unter ihm stehn und gleichsam Statthalter des Königs sind, so dass ein jeder für
148C sich seines Amtes waltet. Auch stellen wir ihn nicht als Nebenbuhler der ihm untergeordneten Götter hin. Wenn aber Moses einen Theilgott verehrt hat und die Herrschaft über das All in einen Gegensatz zu ihm stellt, so ist es besser, wenn man uns folgt und den allwaltenden Gott erkennt, ohne sich deswegen der Erkenntniss jenes zu verschliessen, als wenn man an Stelle des Schöpfers aller Dinge den Gott ehrt, dem der kleinste Theil zugefallen ist.

152B   Bewunderungswürdig ist das Gesetz Mose, der bekannte Dekalog: 'Du sollst nicht stehlen.' 'Du sollst nicht tödten.' 'Du sollst kein falsch Zeugniss reden.' [2. Mos. 20, 15. 13.] [2. Mos. 20,16.]
152C Alle Gebote, die nach seiner Angabe Gott selbst geschrieben hat, mögen hier wörtlich angeführt werden.

2.Mos.20,2. 'Ich bin der Herr, dein Gott, der dich aus Aegypten-
2.Mos.20,3. land geführt hat.' Darauf das zweite: 'Du sollst keine
2.Mos.20,4. anderen Götter neben mir haben. Du sollst dir kein Bild-
2.Mos.20,5. niss machen.' Und als Ursache giebt er dazu an: 'Denn
ich bin der Herr dein Gott, ein eifriger Gott, der da heim-
suchet der Väter Missethat an den Kindern bis in das
2.Mos.20,7. dritte Glied.' 'Du sollst den Namen des Herrn, deines
2.Mos.20,8. Gottes, nicht missbrauchen.' 'Gedenke des Sabbathtages.'
2.Mos.20,12. 'Du sollst Deinen Vater und Deine Mutter ehren.' 'Du
2.Mos.20,14. 13. 15. sollst nicht ehebrechen.' 'Du sollst nicht tödten.' 'Du
2.Mos.20,16. sollst nicht stehlen.' 'Du sollst kein falsch Zeugniss reden.' 152D
2.Mos.20,17. 'Lass dich nicht gelüsten dessen, das dein Nächster hat.'

Bei den Göttern, was giebt es für ein Volk, das
2.Mos.20,5 u. 3. nicht, abgesehen von dem Verbot 'du sollst keinen anderen Göttern dienen' und dem Geheiss 'gedenke des Sabbathtages,' alle übrigen Gebote halten zu müssen glaubt? In Folge dessen sind bei ihnen auch Strafen für die Uebertreter festgesetzt, hie und da schärfer als die, welche das Gesetz Mose anordnet, bald ihnen ähnlich, gelegentlich auch humaner.

Aber das Verbot, 'du sollst keine anderen Götter 155C verehren!' — ein Ausspruch, mit dem Moses eine ge-
2.Mos.20,5. waltige Lästerung gegen Gott ausstösst. 'Denn Gott ist
(4.Mos.4,24). Hebr.12,29. eifersüchtig,' sagt er; und wieder anderswo: 'Unser Gott 155D ist ein verzehrendes Feuer.' Du siehst demnach etwas Göttliches darin, wenn Gott als neidisch bezeichnet wird, während ein eifersüchtiger und missgünstiger Mensch Dir tadelnswerth erscheint? ⟨So redest du.⟩ Und doch, wie ist es nur vernünftig, etwas so leicht festzustellendes fälschlich von Gott auszusagen? Denn wenn er wirklich eifersüchtig ist, so werden wider seinen Willen alle Götter verehrt und ⟨wider seinen Willen⟩ zollen alle übrigen Völker den Göttern ihre Verehrung. Warum hat ferner Gott dies nicht verhindert, wo er so eifersüchtig ist und nicht will, dass die anderen verehrt werden, sondern nur er allein? War er etwa nicht im Stande, die Verehrung auch der übrigen Götter zu verhindern, oder wollte er 153E das von vornherein gar nicht? Aber die erste Erklärung

wäre gottlos, dass er nämlich nicht die Macht besessen
hätte; mit der zweiten aber befindet unser Verhalten sich
im Einklang. Lasst ab von diesem thörichten Geschwätz
und ladet keine so schreckliche Gotteslästerung auf euch!
159E Denn wenn Gott niemand sonst verehrt wissen will, warum
betet ihr diesen ihm untergeschobenen Sohn an, den er
selbst nicht als den seinigen anerkannt noch jemals dafür
gehalten hat, wie ich mit leichter Mühe zeigen kann.
Ihr aber gesellt ihm, ich weiss nicht warum, einen un-
160B ächten Sohn zu. Weiter klagt Julian uns Christen an und fragt,
warum wir denn die Hellenische Schönrednerei verlassen haben
160D und den Worten der Wahrheit beigetreten sind [1]). Denn bei
Platon erscheint Gott nirgend unwillig oder aufgebracht
oder zornig oder Verderben bringend, noch neigt er sich
bald hierhin, bald dorthin oder ist wandelbar, wie nach
dem Bericht des Moses bei Pinehas. Wenn einer von euch
das Buch Numeri gelesen hat, so weiss er, was ich meine.
Als nämlich Pinehas den Mann, der sich dem Baal-Peor 4. Mos. 25,8.
geweiht, sammt dem Weibe, das diesen überredet, mit
eigener Hand ergriffen und durch eine hässliche und
höchst schmerzhafte Verwundung getödtet hatte, indem er
nämlich nach der Aussage des Moses das Weib durch
den Mutterleib stiess, wird Gott folgendermassen als
160E redend eingeführt: 'Pinehas, der Sohn Eleazars, des Sohnes 4. Mos. 25,11.
Aarons, des Priesters, hat meinen Grimm von den Kindern
Israel gewendet, indem er meinen Eifer unter ihnen eiferte.
Und ich habe die Kinder Israels nicht in meinem Eifer
vertilgt.' Giebt es etwas geringfügigeres als die Ursache,
um derentwillen Gott in Zorn gerathen, wie es der Schreiber
161A dieser Worte fälschlich hinstellt? · Kann etwas vernunft-
widriger sein, als wenn zehn oder fünfzehn Leute, gesetzt
auch hundert, denn tausend werden sie nicht behaupten
wollen — lassen wir aber auch so viele sich unterstehen
die von Gott angeordneten Bestimmungen in einem Punkte
zu übertreten: war es nöthig wegen dieser eintausend so
viele Tausende zu vertilgen? Denn mir scheint es unbe-
dingt besser, wenn mit tausend trefflichen Leuten auch

---

1) Worte Cyrills.

ein schlechter Mensch leben bleibt, als wenn man zugleich mit diesem einen die tausend vernichtet. Darauf fügt Julian diesen Worten eine lange Auseinandersetzung bei und erklärt, der Schöpfer Himmels und der Erden dürfe nicht in so wildem Zorn entbrennen, dass er oftmals sogar das ganze Volk der Juden zu verderben Willens sei[1]). Denn wenn schon der Groll eines Heros und einer unbedeutenden Gottheit für ganze Länder und Städte schwer zu ertragen ist, wer könnte Stand halten, wenn ein so gewaltiger Gott auf Götter oder Engel oder gar auf Menschen zürnt? Es 168B lohnt sich in der That, sein Verhalten mit der Sanftmuth des Lykurgos und der Langmuth des Solon oder der Billig- 168C keit und Milde der Römer den Schuldigen gegenüber zu vergleichen. Wie sehr es aber bei uns besser steht als 171D bei ihnen, könnt ihr auch aus Folgendem ersehen. Die Philosophen heissen uns nach Kräften den Göttern nachahmen ⟨und lehren uns⟩, dass diese Nachahmung in denkender Betrachtung der Dinge bestehe. So etwas aber 171E ist fern von Leidenschaft und beruht auf der Leidenschaftslosigkeit; das ist wohl deutlich, wenn auch ich es nicht sage. Denn in demselben Grade, wie wir, mit denkender Betrachtung der Dinge beschäftigt, von Leidenschaft frei sind, werden wir Gott ähnlich. Was ist es aber für eine Nachahmung Gottes, welche die Hebräer preisen? Zorn 4. Mos.25,11. und Wuth und wilde Eifersucht. Denn Gott sagt: 'Pinehas hat meinen Grimm von den Kindern Israel gewendet, indem er meinen Eifer unter ihnen eiferte.' Denn als Gott jemand gefunden, der seinen Grimm und seinen Schmerz theilte, da hat sich, wie man sieht, sein Zorn gelegt. So und ähnlich lässt die Schrift an vielen Orten 172A Mose über Gott sich äussern.

Dass Gott sich aber nicht allein um die Hebräer 176 kümmert, vielmehr für alle Völker Sorge trägt und dabei AB jenen nichts Grosses und Bedeutungsvolles hat zukommen lassen, uns dagegen weit herrlichere und vorzüglichere Gaben verliehen hat, das mögt ihr auch aus Folgendem erkennen. Auch die Aegypter können die Namen nicht

---

1) Worte Cyrills.

weniger Weisen bei sich aufzählen und so darauf hin-
deuten, dass sie viele Nachfolger des Hermes bei sich
gehabt, des Hermes nämlich, der als dritter Aegypten
besuchte; die Chaldäer und Syrer können die Nachfolger
des Oannes und Belos nennen, und die des Cheiron in
176C ungezählter Menge die Hellenen. Seitdem sind alle Völker
priesterlich von Natur und der Gotteserkenntniss fähig,
und doch rühmen sich deswegen, wie man sieht, allein
die Hebräer. Ferner verspottet Julian den seligen David und
Simson und erklärt, diese Männer seien nicht etwa die grössten
Kriegshelden gewesen, vielmehr hätten sie hinter der Kraft der
Hellenen und Aegypter weit zurückgestanden, und der Umfang ihrer
Herrschaft habe kaum bis an die Grenzen von Judäa sich erstreckt[1]).

178A   Hat euch Gott dagegen etwa den Anfang der Erkenntniss oder eine philosophische Wissenschaft zuertheilt?
178B Und welche? Denn die Theorie der Himmelserscheinungen
ist bei den Hellenen vollkommen ausgebildet worden, nachdem die ersten Beobachtungen bei den Barbaren in Babylon
angestellt worden waren. Die Wissenschaft der Geometrie
ist aus der Landesvermessung in Aegypten hervorgegangen
und hat sich bis zu einem so gewaltigen Umfang aus-
gedehnt. Die Verwendung der Zahlen ist von den Phö-
nicischen Kaufleuten ausgegangen und inzwischen bei den
Hellenen zu einer stattlichen Wissenschaft geworden. Diese
drei Wissenschaften verbanden die Hellenen zu der Ein-
heit der harmonischen Musik, indem sie mit der Astro-
178C nomie die Geometrie verknüpften, mit beiden die Zahlen
vereinten und das Harmonische in diesen erkannten. Von
da aus bestimmten sie ihrer Musik die Verhältnisse, indem
sie eine für die Wahrnehmung des Gehörs fehlerlose Uebereinstimmung der harmonischen Gesetze fanden, oder doch
etwas, was dem sehr nahe kommt.

184B   Soll ich nun Mann für Mann, oder soll ich die einzelnen
Beschäftigungen aufzählen? Die Personen, wie Plato, So-
krates, Aristeides, Kimon, Thales, Lykurgos, Agesilaos,
·Archidamos? Oder lieber die Klassen, die der Philosophen, der Feldherren, der Demiurgen, der Gesetzgeber?

---

1) Worte Cyrills.

Dabei wird es sich nämlich ausweisen, dass auch die schlimmsten und schrecklichsten Feldherrn milder gegen die grössten Frevler vorgegangen sind, als Moses gegen 184C Leute, die gar nichts begangen haben. Von wessen Herr- 190C schaft soll ich euch nun berichten? Von der des Perseus, der des Aiakos oder der des Kreters Minos? Der letztere reinigte das Meer von den Seeräubern, die es unsicher machten, indem er die Barbaren daraus vertrieb und verjagte bis hin nach Syrien und Sicilien und so nach beiden Seiten mit den Grenzen seiner Herrschaft vorschritt; er herrschte aber nicht allein über die Inseln, sondern auch über die Bewohner der Küsten. Und nachdem er sich mit seinem Bruder Rhadamanthys zwar nicht in das Land, wohl aber in die Sorge um die Menschen getheilt, gab er selbst die Gesetze, die er von Zeus empfing, und überliess jenem die Ausübung des Richteramtes. Nach dieser 191C Auseinandersetzung über Minos befährt Julian das weite Meer der Erzählungen und gedenkt Hellenischer Geschichten. Er be- 191D richtet, Dardanos sei ein Spross des Zeus und der Atlas-Tochter Elektra; derselbe habe Dardanien besiedelt und nach seinem Tode an der Herrschaft des Zeus Theil genommen. Nachdem Julian 193B sein leeres Geschwätz über Dardanos nach seinem Sinn zu Ende geführt, geht er sofort zu der Flucht des Aineias über und schildert genau den Aufbruch von Troja und die Fahrt zu den italischen Völkern. Ferner berichtet er über Remus und Romulus und über die näheren Umstände des römischen Synoikismos. Nach seiner 193C Gründung wurde Rom von vielen Kriegen umdrängt, in allen aber blieb es siegreich und kämpfte sie nieder. Und als die Stadt, die gerade durch die Gefahren vielmehr wuchs, nach grösserer Sicherheit Verlangen trug, da gab ihr Zeus den weisen Numa zum Herrscher. Dies also war Numa, der treffliche, der in einsamen Hainen weilte 193D und bei der Reinheit seines Gemüthes stets im Verein mit den Göttern war....[1]) Dieser hat die meisten gottesdienstlichen Einrichtungen getroffen. Diese Güter hat 194B Zeus, wie man sieht, vermittelst göttlicher Begeisterung und Inspiration der Stadt verliehen, vermittelt durch die Ansprüche der Sibylle und aller übrigen, welche während

---

1) Hier fehlt ein kleines Stück.

jener Zeit in heimischer Sprache Orakel gaben. Sollen
wir ferner das aus der Luft gefallene Ancile und das
Haupt, das auf dem Hügel zum Vorschein kam und von
199C dem meines Erachtens auch der Sitz des grossen Zeus
seinen Namen empfing — sollen wir etwa diese Gaben
Gottes unter den geringen und nicht vielmehr den höchsten
aufzählen? Noch ist endlich die vom Himmel gefallene
Wehr bei uns erhalten, die der grosse Zeus oder Vater
Ares herniedergesandt, der damit nicht ein scheinbares,
sondern wahrhaftiges Unterpfand dafür gegeben, dass er
unsere Stadt für immer schützen werde. Und doch habt
ihr Unglücksmenschen aufgehört, dies Heiligthum anzu-
beten und zu verehren, und betet das Kreuzesholz an,
bildet das Zeichen des Kreuzes nach auf eurer Stirn und
194D ritzet es vorn an euren Häusern ein. Würde nun nicht
jemand mit Fug und Recht die Einsichtigeren unter euch
zum Gegenstand seines Hasses machen und die Unver-
ständigeren bemitleiden, die euch folgend so tief im Verderben gesunken sind, dass sie zu dem todten Juden über-
gegangen sind und die ewigen Götter verlassen haben?
197C Ich sehe ab von den Mysterien der Göttermutter und
198B preise den Marius glücklich. Denn der göttliche Hauch,
198C der zu den Menschen dringt, findet sich selten und nur
in wenigen; auch kann nicht leicht jedermann desselben
theilhaft werden und auch nicht zu jeder Zeit. Dem entsprechend ist auch der prophetische Geist bei den Hebräern versiegt, darum hat er sich auch bei den Aegyptern
nicht bis heute erhalten. Wie man sieht, sind aber auch
die Natur-Orakel dem Lauf der Zeit gewichen und ver-
stummt. Nur unser gütiger Herr und Vater Zeus war
gesonnen, uns nicht gänzlich des Verkehrs mit den Göttern
entbehren zu lassen; und so gewährte er uns die ⟨Ein-
geweide⟩schau, die, durch heilige Maassnahmen bewerk-
198D stelligt, uns, wenn es Noth thut, ausreichende Hülfe bietet.
200A Beinahe hätte ich das grösste Geschenk des Helios
und Zeus vergessen; mit Recht aber berücksichtige ich es
zum Schluss. Denn es kommt nicht uns ⟨Römern⟩ ausschliesslich zu, sondern meines Erachtens ebenso unseren

Verwandten, den Hellenen. Den Asklepios nämlich hat Zeus auf geistige Weise mit sich selbst gezeugt und durch den lebenden und Leben gebenden Helios auf der Erde erscheinen lassen. Asklepios fuhr vom Himmel auf die Erde nieder und kam in einfacher Menschengestalt bei Epidauros zum Vorschein; er wuchs auf und reichte nun 200B auf seinen Wanderungen aller Orten seine hülfreiche Rechte. Er kam nach Pergamon, nach Ionien, darauf nach Tarent; in der Folge kam er nach Rom. Er zog gen Kos und von dort nach Aigai. Nunmehr ist er an allen Orten des Landes und des Meeres. Er kommt nicht zu einem jeglichen unter uns, und doch bessert er die sündigen Seelen und heilt die Krankheiten des Leibes.

Was der Art rühmen sich die Hebräer von Gott 201E empfangen zu haben, zu denen ihr Christen von uns übergelaufen seid und denen ihr folget? Wenn ihr nun wenigstens bei den Meinungen der Hebräer geblieben wäret, so würde es euch doch nicht so durchaus schlecht ergangen sein, ihr würdet euch dann allerdings auch in einer weniger guten Lage befunden haben als eurer früheren, so lange ihr noch bei uns waret, aber doch immerhin in einer erträglichen, die man aushalten kann. Denn dann würdet ihr nicht an Stelle vieler Götter einen einzigen Menschen, oder vielmehr viele elende Menschen verehren. Ihr würdet an Stelle unserer milden und hu- 202A manen Gesetze einem harten und unerbittlichen, vielfach rohen und barbarischen Gesetze unterworfen sein und so im Ganzen uns allerdings nachstehen, aber dafür in den frommen Bräuchen reiner und lauterer sein. Jetzt aber geht es euch wie den Blutegeln, die das schlechteste Blut herausziehen und das reinere zurücklassen. Jesus aber 191D hat die geringsten Leute unter euch überredet und wird 191E seit wenig mehr als dreihundert Jahren genannt. Während seines Lebens hat er nichts gethan, was der Rede werth wäre, es müsste denn jemand die Heilung von Lahmen und Blinden in den Dörfern Bethsaida und Bethanien für eine gewaltige That halten. Ihr wisst nicht 205E einmal, ob Jesus die Reinheit überhaupt erwähnt hat.

Dagegen eifert ihr den Juden in ihrer Wuth und ihrer
206A Gehässigkeit nach, ihr stürzet Tempel und Altäre und
habt nicht nur von uns diejenigen niedergemetzelt, die
den väterlichen Satzungen treu blieben, sondern auch von
den Leuten, die euren Irrthum theilen, die Ketzer, die
nicht genau auf dieselbe Weise wie ihr den Todten be-
klagen. Aber dies fällt ⟨nicht sowohl Jesu, als⟩ vielmehr
euch zur Last; denn nirgends hat Jesus oder Paulus euch
dies Gebot gegeben — aus dem einfachen Grunde, weil
sie sich gar nicht bis zu der Hoffnung verstiegen, ihr
könntet jemals solche Gewalt erlangen. Sie waren zufrieden bei dem Gedanken, sie könnten durch ihren Trug
Mägde und Sklaven gewinnen und durch diese die Frauen
206B und Männer wie Cornelius und Sergius. Wenn man mir
einen einzigen namhaften ⟨Schriftsteller⟩ jener Zeit auf-
weist, der diese Leute erwähnt hat — dies hat sich nämlich unter Tiberius oder Klaudius zugetragen —, so haltet
mich in allen Stücken für einen Lügner.

Apg. 10; 13,
6—12.

209D   Ich weiss nicht, was mich gleichsam dazu trieb es
auszusprechen und auf welchem Wege ich gekommen bin
zu fragen: Aus welchem Grunde seid ihr so undankbar
gegen unsere Götter, dass ihr zu den Juden übergelaufen
seid? Etwa weil die Götter Rom die Herrschaft gegeben,
und den Juden wohl eine kurze Spanne Freiheit, aber
Knechtschaft für ewige Zeiten und ewiges Beisassenthum?
Siehe Abraham! War er nicht Beisasse im fremden
209E Land? Und Jakob! Ist er nicht Anfangs den Syrern
⟨Mesopotamiens⟩, dann nach diesen den Bewohnern von
Palästina und im Alter den Aegyptern dienstbar gewesen?
Sagt nicht Moses, er habe die Juden aus dem Hause der
Knechtschaft, aus Aegypten mit erhobenem Arm geführt?
Haben sich nicht auch nach ihrer Ansiedelung in Palästina
ihre Verhältnisse häufiger geändert, als nach Angabe der
Beobachter das Chamäleon seine Farbe wechselt? Waren
sie nicht bald den Richtern unterthänig und bald den
Fremden dienstbar? Als sie aber anfingen von Königen
regiert zu werden — wir wollen vorläufig davon absehen,
wie; denn nach Angabe der Schrift hat Gott ihnen nicht

vgl. 2. Mos.
6, 6.

vgl. 1. Sam.
8, 7.

gutwillig das Königthum zugestanden, sondern er ist von 210A
ihnen dazu gezwungen worden und hat vorher bestimmt
erklärt, dass ihre Könige sie schlecht regieren würden —
aber sie bewohnten und bebauten doch wenigstens ihr
eigenes Land etwas über vierhundert Jahre. Darauf wurden
sie zuerst den Assyrern, dann den Medern, in der Folge
den Persern dienstbar und zuletzt in der neuesten Zeit
uns selbst. Auch Jesus, der bei euch gepriesen wird, ge- 213A
hörte zu den Unterthanen des Kaisers. Wenn ihr es nicht
glauben wollt, werde ich es weiter unten beweisen; oder
ich kann es auch lieber gleich sagen. Ihr berichtet ja,
dass er mit seinem Vater und seiner Mutter unter Quirinus
sich habe schätzen lassen. Was für Wohlthaten hat er 213B
aber, nachdem er als Mensch geboren, seinen Stammes-
genossen erwiesen? 'Sie wollten Jesu ja nicht gehorchen,'
sagen die Christen. Wie? Warum hat denn dies Volk
mit seinem störrischen Charakter und seinem starren
Nacken dem Moses gehorcht? Und Jesus, der den Geistern
befahl und auf dem Meere wandelte, der die Dämonen
austrieb und, wie ihr wenigstens behauptet, den Himmel
und die Erde geschaffen hat — von seinen Schülern hat
sich nämlich keiner erkühnt so etwas von ihm auszusagen, mit einziger Ausnahme des Johannes, und auch 213C
der hat sich nicht deutlich und bestimmt ausgesprochen;
aber auch zugegeben, er habe es gesagt — dieser Jesus
wäre also nicht im Stande gewesen seine Freunde und
Stammesbrüder umzustimmen, wenn er sie hätte retten
wollen? Darüber wollen wir jedoch weiter unten handeln, 218A
wenn wir erst die schlaue Wunderthuerei der Evangelien
eigens einer Kritik unterwerfen; jetzt aber antwortet mir
auf folgende Frage! Was ist besser, ohne Unterbrechung
frei zu sein und während voller zweitausend Jahre Land 218B
und Meer grösstentheils zu beherrschen, oder in Knechtschaft und nach dem Willen eines Anderen zu leben?
Niemand ist in so hohem Grade des Schamgefühls bar,
um Letzteres vorzuziehen. Aber vielleicht hält jemand den
Sieg im Kriege für weniger werth als eine Niederlage?
Doch wer hätte soweit jegliches Gefühl verloren? Wenn

wir aber diese Werthschätzung für richtig erklären, so zeigt mir doch bei den Hebräern einen einzigen Feldherrn von dem Schlage Alexanders oder Cäsars! Ihr habt ja keinen. Und doch, bei den Göttern bin ich's mir bewusst, ⟨schon durch die blosse Frage⟩ diesen Männern schweres

218C Unrecht zuzufügen; ich habe aber gerade sie erwähnt, weil sie bekannt sein dürften. Denn die Feldherrn, die hinter diesen kommen, kennt die Menge nicht, und doch verdient jeder einzelne von ihnen mehr Bewunderung als alle jüdischen zusammen.

221E Trug aber die Ordnung des Staates und die Form der Gerichte, der Staatshaushalt und die bürgerliche Tugend, der Fortschritt in den Wissenschaften und die Uebung in den freien Künsten bei den Hebräern nicht

222A den Charakter der Erbärmlichkeit und Barbarei? Und doch will der unglückselige Eusebios wissen, dass sich P. E. XI 5,5. einige Gedichte in Hexametern bei ihnen finden, und prahlt mit einer Beschäftigung der Hebräer mit der Logik, wäh- P. E. XI 5,7. rend er doch diesen Namen bei den Griechen gehört hat. Und ist etwa eine Methode der Heilkunst bei den Hebräern hervorgetreten, die sich mit der des Hippokrates und verschiedener Schulen nach ihm bei den Hellenen messen

224C könnte? Ist euer hochweiser Salomo auch nur annähernd mit einem Phokylides, Theognis oder Isokrates bei den Griechen zu vergleichen? Wie sollte das möglich sein? Jedenfalls wird man, daran ist nicht zu zweifeln, bei einer Vergleichung der Mahnworte des Iso-

224D krates mit den Sprüchen Salomos den Sohn des Theodoros dem weisen Könige überlegen finden. 'Aber Isokrates', wird man einwenden, 'diente eifrig den Göttern.' Was will das besagen? Hat nicht auch Salomo unseren Göttern gedient, von seinem Weibe berückt, wie ⟨die Juden⟩ vgl. 1. Kön. 11, 4. sagen? Fürwahr, welche Grösse der Tugend! Welche Fülle der Weisheit! Er hat die Lust nicht bezähmen können, und eines Weibes Rede hat ihn irregeführt! Wenn er sich nun von einem Weibe hat verleiten lassen, so gebt ihn nicht für weise aus! Haltet ihr ihn aber für weise, so glaubet doch nicht, ein Weib habe ihn berücken können,

⟨sondern erkennet⟩, dass er seinem eigenen Urtheil und 224E
Verstande gefolgt ist und der Lehre des Gottes, der sich
ihm geoffenbart, wenn er auch den andern Göttern diente.
Neid und Eifersucht reichen ja nicht einmal an besonders
treffliche Menschen — um so viel mehr bleiben sie von
den Engeln und den Göttern fern! Ihr aber wendet euch
den Theilkräften zu, und wenn diese jemand Dämonen nennt,
so geht er nicht irre. Denn in ihrem Wesen liegt Eitel-
keit und nichtige Ruhmsucht, in dem der Götter aber
nichts dergleichen.

Wenn wirklich das Lesen eurer Schriften euch be- 229C
friedigt, warum nascht ihr von der Literatur der Hellenen?
Es ist ja doch wesentlicher von ihr die Leute fern zu
halten als vom Genuss der Götzenopfer. Von diesem hat
der Geniessende keinen Schaden, wie Paulus selbst sagt; vgl.Röm.14, 20.
nur das Gewissen des Bruders, der es sieht, könnte nach vgl.1.Cor.8, 7.13.
eurer Meinung ein Aergerniss daran nehmen, ihr weisen
und nun gar noch hoffährtigen Leute! Diese unsere
Literatur aber hat alles Edle, was die Natur bei euch 229D
hervorgebracht, bewogen sich von eurer Gottlosigkeit
abzuwenden. Denn wer auch nur ein kleines Theilchen
edlen Wesens an sich trug, der musste schleunigst von
eurem gottlosen Thun sich abkehren. Daher wäre es
besser, ihr hieltet die Leute von unserer Literatur und
nicht den Opferthieren fern. Aber freilich wisst ihr es
selbst, wie mir scheint, welch grosser Unterschied zwischen
euren Schriften und den unsrigen in der Wirkung auf
den Verstand sich findet, und dass eure Literatur wohl
niemand zu einem trefflichen oder auch nur tüchtigen
Manne bildet, dass dagegen unsere einen jeden, auch
wenn er ganz talentlos ist, geschickter macht, als er es
von Haus aus war. Ist er aber gut veranlagt und wird 229E
ihm noch dazu die Ausbildung durch unsere Literatur zu
Theil, so wird er geradezu ein Geschenk der Götter für
die Menschen, mag er nun die Leuchte der Wissenschaft
entflammen, eine neue Staatsordnung begründen oder
Feindesmengen in die Flucht schlagen oder auch weite
Länder durchwandern und weit das Meer befahren und

sich so als Held bewähren. ....[1]) Folgendes wird ein
deutliches Zeichen sein. Wählet aus eurer Gesammtheit
Knaben aus und lasset sie an eurer Literatur sich bilden;
230A wenn diese Knaben, zu Männern erwachsen, brauchbarer
sind als Sklaven, so haltet mich für einen Schwätzer und
galligen Menschen. Dazu seid ihr so verrannt und unvernünftig, dass ihr Schriften für göttlich haltet, durch
welche niemand besonnener, tapferer und besser wird, als
er zuvor war; andere dagegen, aus denen man Tapferkeit,
Besonnenheit und Gerechtigkeit lernen mag, schreibt ihr
dem Satan und des Satans Dienern zu.

235B   Asklepios heilt unsern Leib, unsern Geist bilden die
Musen in Gemeinschaft mit Asklepios, mit Apollon und
mit Hermes Logios, in der Leitung der Kriege steht Enyo
dem Ares zur Seite, die Künste vertheilt und verwaltet
235C Hephaistos und alle dem steht vereint mit Zeus Athena
vor, die mutterlose Jungfrau. Urtheilt daher, ob wir
nicht in all diesen Stücken euch überlegen sind, nämlich
in den Künsten, der Weisheit und im Verstande; möget
ihr nun die nützlichen Künste im Auge haben, oder die
nachahmenden, deren Ziel die Schönheit ist, also etwa
Bildnerei und Malerei, oder aber die Haushaltekunst und
die Heilkunst, die von Asklepios ausgeht. Aller Orten
sind seine Orakelstätten, mit denen die Gottheit uns ge-
segnet hat, dass wir beständig daran Theil haben. Mir
wenigstens hat Asklepios häufig in Krankheiten Heilmittel
an die Hand gegeben und mich geheilt; Zeuge des ist
235D Zeus. Wenn es also uns, die wir 'dem Geiste des Ab-
falls uns überlassen haben', an Seele und Leib und in
allem übrigen besser geht, warum verlasst ihr uns und
wendet euch den Juden zu?

238A   Warum bleibet ihr aber nicht einmal den Lehren der
238B Hebräer treu und achtet das Gesetz nicht, das Gott ihnen

---

1) Lücke im Text. Hier muss gestanden haben, wovon Cyrill.
S. 233 E berichtet: Wenn Julian uns darauf zusetzt und die heilige
inspirirte Schrift verspottet, weil sie nämlich in Hebräischer Sprache
geschrieben ist, so konnte, meine ich, jemand folgendes erwidern
u. s. w.

Die Christen geben zu, dass sie sich von den jetzigen 253 A
Juden unterscheiden, behaupten aber vollkommen Israe- 253 B
liten zu sein in Uebereinstimmung mit den Lehren ihrer
Propheten; sie erklären, vor Allem dem Moses und den
Propheten zu folgen, welche nach ihm in Judäa aufgetreten
sind. Sehen wir nun zu, worin sich ihre Uebereinstimmung
mit diesen Männern besonders zeigt. Beginnen müssen
wir mit der Lehre des Moses; auch er hat ja nach der
Behauptung der Christen die künftige Geburt Jesu pro-
phezeit. Moses also dringt nicht an einer oder zwei oder
auch nur drei Stellen, sondern an sehr vielen auf die
Verehrung eines einzigen Gottes, den er auch den höchsten
nennt, auf die eines zweiten nirgends. In der Mehrzahl 253 C
spricht er wohl von Engeln, Herren und wirklich auch
Göttern, hebt aber den ersten aus dieser Menge heraus
und nimmt keinen andern, zweiten, an, wie ihr einen noch
dazu erfunden habt, mag derselbe nun wesensgleich oder
ungleich sein. Wisst ihr einen einzigen Spruch des Moses,
der sich darauf bezieht, so seid ihr gehalten ihn anzuführen. Denn die Worte 'Einen Propheten wird euch der
Herr, euer Gott, erwecken aus euren Brüdern, gleichwie
mich, den sollt ihr hören' beziehen sich durchaus nicht
auf den Sohn der Maria. Und sollte auch jemand euch
zu Gefallen diese Beziehung zugeben, ⟨so steht ihr immer
noch vor einer Schwierigkeit. Denn Moses⟩ sagt nicht,
der Prophete werde Gott, sondern werde ihm ähnlich sein, 253 D
ein Prophet, wie er selbst, und aus menschlichem, nicht
aus göttlichem Geschlecht. Auf einen solchen gehen auch
durchaus nicht die Worte 'nicht soll es fehlen an einem
Herrscher aus Juda noch einem Führer aus seinen Lenden';
dieselben gehen vielmehr auf das Königshaus des David, das
freilich mit dem Könige Zedekia geendet hat. Dazu lautet
die Schrift noch einigermassen vieldeutig 'bis da kommt
was ihm bestimmt ist'; das habt ihr verfälscht in 'bis da
der kommt, für den es bestimmt ist'. Offenbar geht nichts
von diesem Spruche auf Jesus, denn derselbe stammt ja gar 253 E
nicht aus Juda. Wie sollte er es auch, da er nach eurer
Meinung nicht von Joseph, sondern vom heiligen Geiste

gezeugt ist? Den Joseph freilich führt ihr in euren Genealogien auf Juda zurück. Aber nicht einmal diese Erfindung habt ihr geschickt auszuführen vermocht. Denn ^{vgl. Matth. 1, 1—17.} Matthäus und Lucas findet man in der Genealogie Jesu ^{Luc. 3, 23—38.} 261E mit einander im Widerspruche. Wir wollen jedoch im zweiten Buche genau untersuchen, wie es sich in Wahrheit damit verhält, und vorläufig davon absehen. Man mag auch noch den Herrscher aus Juda zugestehen, auf keinen Fall aber darf man dies thun mit dem 'Gott aus ^{vgl. Joh. 8, 42. 47.} Gott geboren', wie ihr zu sagen pflegt, und ebensowenig mit der Behauptung 'Alle Dinge sind durch ihn gemacht, ^{Joh. 1, 3.} und ohne ihn ist auch nicht eines gemacht.' — Aber, ⟨wendet ihr ein,⟩ es heisst auch im Buche Numeri: 'Es ^{4.Mos.24,17.} 262A wird ein Stern aus Jakob aufgehen und ein Held aus Isai.' Es ist aber doch wohl deutlich, dass dieser Spruch auf David und seine Nachkommen geht. Denn der Sohn Isais war David. Wollt ihr nun aus den Schriften Mosis etwas beweisen, so weiset doch einen einzigen Spruch auf, den ihr von da entnommen habt, woher ich gar viele. Weiter erklärt Moses den Gott Israels für den einzigen Gott, wenn er im Deuteronomium sagt: 'Auf dass ^{5. Mos. 4,35.} du wissest, der Herr dein Gott, er ist allein Gott, und 262B es ist kein andrer neben ihm.' Und sodann: 'Und du ^{5. Mos. 4,39.} sollst es dir zu Herzen nehmen, der Herr dein Gott, er ist Gott oben im Himmel und unten auf Erden, und es ist keiner neben ihm.' Und ferner: 'Höre, Israel, der ^{5. Mos. 6, 4.} Herr unser Gott ist einzig Herr.' Und endlich: 'Sehet, ^{5.Mos.32,29.} dass ich es allein bin, und ist kein Gott neben mir.' Das sind die Worte des Moses, in denen er aussagt, es gebe nur einen einzigen Gott. Aber vielleicht wenden die Christen ein: 'Auch wir behaupten nicht die Existenz von zweien oder dreien.' Ich kann aber zeigen, dass sie dies wohl behaupten, und rufe den Johannes zum Zeugen an, 262C der sagt: 'Im Anfange war der Logos und der Logos war ^{Joh. 1, 1.} bei Gott und der Logos war Gott.' Siehst du, dass es heisst, der Logos war bei Gott? Ob dies der Sohn der Maria oder irgend jemand anders ist — um zugleich auch dem Photeinos zu antworten —, das macht hierfür gar nichts aus; den ganzen Streit kann ich euch überlassen. Es genügt ja wahrlich anzuführen, dass Johannes sagt 'bei Gott' und 'im Anfange'. Wie soll nun dies mit der Lehre des Moses übereinstimmen?

Aber es stimmt mit der Lehre des Jesaja, sagen die Christen. Denn Jesaja sagt: 'Siehe, die Jungfrau wird schwanger werden und einen Sohn gebären.' Zunächst einmal zugegeben, auch diese Worte gingen auf einen Gott, obwohl dies keineswegs der Fall ist, so ist doch 262D eine verheirathete Frau, die bei ihrem Manne gelegen, bevor sie geboren, keine Jungfrau. Aber auch zugestanden, es sei von einer verheiratheten Frau die Rede, — sagt Jesaja etwa, aus der jungen Frau werde ein Gott geboren werden? Warum aber höret ihr nicht auf die Maria Gottesgebärerin zu nennen, wenn Jesaja doch den Sohn der Jungfrau nirgends als 'den eingebornen Sohn Gottes' und 'die Erstgeburt der Schöpfung' bezeichnet? Kann ferner etwa jemand die Worte des Johannes 'Alles ist durch ihn gemacht und ohne ihn ist auch nicht eines gemacht' unter den Sprüchen der Propheten aufweisen? Dagegen möget ihr gerade von den Propheten der Reihe nach die Lehren hören, die wir betonen. 'Herr, unser 262E Gott, nimm uns zu Eigen; einen anderen ausser dir kennen wir nicht.' Und den König Hiskia lassen sie beten: 'Herr, du Gott Israels, der du über den Cherubim sitzest, du bist allein Gott.' Hier lässt Hiskia doch nicht etwa für den zweiten Gott einen Platz frei? Warum 276E bezeichnet ihr ferner die Jungfrau als Gottesgebärerin, wenn der Logos doch nach eurer Ansicht Gott aus Gott geboren und aus dem Wesen des Vaters hervorgegangen ist? Wie kann eigentlich die Jungfrau, die doch nach eurer Ansicht menschlichen Wesens ist, einen Gott ge- bären? Und wo ferner Gott deutlich sagt 'Ich bin es allein und ist kein Heiland neben mir', habt ihr euch 277A unterstanden ihren Sohn als Heiland zu bezeichnen?

Dass ferner Moses die Engel Götter nennt, könnt ihr 290B aus seinen Worten entnehmen. ⟨Er berichtet nämlich folgendes.⟩ 'Da sahen die Söhne Gottes die Töchter der 290C

Menschen, dass sie schön waren, und nahmen zu Weibern aus allen, welche sie wollten.' Und etwas weiter unten: 'Darnach da die Söhne Gottes zu den Töchtern der Menschen eingingen und sich Kinder zeugeten, wurden daraus die berühmten Giganten der Vorzeit.' Offenbar redet Moses hier von den Engeln, und diesen Sinn haben wir nicht in seine Worte hineingelegt, sondern derselbe ergiebt sich schon daraus, dass er sagt, Giganten und nicht Menschen 290 D seien jener Verbindung entsprossen. Denn wenn er die Väter dieser Sprösslinge für Menschen und nicht für Wesen von einer mehr erhabenen und kraftvolleren Natur gehalten hätte, so hätte er offenbar nicht gesagt, sie hätten die Giganten erzeugt. Meines Erachtens hat er seine Ansicht dahin geäussert, dass das Geschlecht der Giganten der Verbindung des Sterblichen und des Unsterblichen sein Dasein verdanke. Wenn also Moses viele Söhne Gottes und zwar nicht Menschen, sondern Engel erwähnt, würde er es da nicht der Menschheit offenbart haben, wenn er den eingebornen Logos gekannt hätte, mag derselbe nun Gott oder Gottes Sohn sein, oder möget ihr ihn sonst wie nennen? Oder hätte er etwa von Israel 290 E gesagt 'Israel ist mein erstgeborner Sohn', weil er so etwas nicht der Rede für werth hielt? Warum hat also Moses nicht dasselbe von Jesus ausgesagt? Moses lehrt, es sei ein einziger Gott, und dieser habe viele Söhne, welche die Völker unter sich getheilt; den Logos aber, der der eingeborne Sohn Gottes oder selbst Gott sein soll, oder was ihr ihm sonst noch fälschlich angedichtet habt, hat er weder gelehrt noch überhaupt gekannt. Ihr habt den Moses selbst gehört und ausserdem die Propheten. 291 A Moses hat sich viel und vielerwärts ungefähr in folgendem Sinne geäussert: 'Du sollst den Herrn, deinen Gott, fürchten und ihm allein dienen.' Wie können nun die Evangelien, wenn sie auch Mose verehren wollen, folgenden Befehl Jesu überliefern: 'Gehet hin und lehret alle Heiden und taufet sie auf den Namen des Vaters und des Sohnes und des heiligen Geistes'? Mit diesem Befehle steht euer Glaube im Einklang, wenn ihr

1. Mos. 6, 4.

2. Mos. 4, 22.

5. Mos. 6, 13.

Matth. 28, 19.

zugleich mit dem Vater dem Sohne göttliche Würde zuerkennt.

Julian behauptet, die Satzungen der Christen stimmten mit 298 A den mosaischen Gesetzen nicht überein, und die Christen wollten auch nicht nach den Gebräuchen der Juden leben, obwohl die Sitten der Hellenen mit denselben übereinstimmten. Denn die 298 B Juden hätten nicht andere Bräuche und Gesetze als die Hellenen, sondern dieselben, abgesehen etwa von höchstens zwei oder drei Sachen, nämlich erstens, der Leugnung anderer Götter und abgesehen zweitens von der Opferhandlung, welche die Hellenen als Leberschau bezeichnen. Was habe das aber zu besagen, da, wie Julian behauptet, alles übrige bei beiden gleich und ohne Unterschied sei? So sei das Beste bei den Juden die Beschneidung; aber wer unter den Aegyptischen Tempelpriestern auf grössere Heiligkeit Anspruch mache, und ebenso die Chaldäer und Saracenen, bemerkt Julian, verwürfen dieselbe keineswegs. Und auch die ver- 298 C schiedenen Arten der Opfer würden auf gleiche Weise geschätzt, so das Opfer der Erstlinge, das Brandopfer, Gelübde, Dankopfer, und, wie er behauptet, auch Schuldopfer, Sühnopfer und Opfer für die Reinheit. Ja, er glaubt sogar, der Hierophant Moses habe auch 298 E den scheusslichen di averrunci Opfer dargebracht und, was noch unerträglicher ist als dies, er behauptet, der Gesetzgeber habe dies dem Priester zugewiesen, damit wir ihn bei seinen eigenen Satzungen auf einem Widerspruche ertappen könnten. Denn Moses hat 2.Mos.22,20. gesagt: 'Wer fremden Göttern opfert, ohne dem Herrn allein, der sei verbannet.' Moses hat demnach, wie Julian bemerkt, offenbar befohlen, auch den di averrunci die gebührenden Opfer zu weihen; 299 A wie befreit er uns da von der Sünde und weist uns nicht vielmehr deutlich auf den Pfad, der dahin führt?') Vernimm nun aber, wie ausführlich er sich über die di averrunci äussert.

3.Mos. 16, 5. 'Und er soll zween Ziegenböcke nehmen zum Sündopfer
3.Mos.16,6. und einen Widder zum Brandopfer. Und Aaron soll den 299 B Farren, sein Sündopfer, herzubringen, und sich und sein
3.Mos.16,7. Haus versöhnen; und darnach die zween Böcke nehmen, und vor den Herrn stellen, vor der Thür der Hütte des
3.Mos.16,8. Stiftes. Und soll das Loos werfen über die zween Böcke, ein Loos dem Herrn und das andere dem Abwender des Unheils.' Diesen treibt also Aaron nach dem Berichte Mosis hinweg als Abwendung des Unheils und stösst ihn hinaus in die Wüste. So wird also der Bock hinausgetrieben, der dem Abwender des Unheils gesandt wird.

---

1) Worte Cyrills.

299 C Von dem zweiten Bocke aber sagte Moses: 'Und er soll 3.Mos.16,15.
den Bock, des Volkes Sühnopfer, schlachten und reines
Blut hineinbringen hinter den Vorhang, und soll mit dem
Blute die Basis des Thysiasteriums besprengen; und soll 3.Mos.16,16.
versöhnen das Heiligthum von der Unreinigkeit der Kinder
Israel, und von ihrer Uebertretung, in allen ihren Sünden.'

305 B Unsere Auseinandersetzung lässt wohl keinen Zweifel daran,
dass Moses die verschiedenen Arten der Opfer gekannt
hat. Keineswegs aber hat er sie für unrein gehalten, wie
ihr es thut. Vernehmt ⟨zum Beweise dafür⟩ wiederum
seine eigenen Worte: 'Und welche Seele essen wird von 3.Mos.7,10.
dem Fleische des Dankopfers, das dem Herrn zugehört,
derselben Unreinigkeit sei auf ihr, und sie wird ausge-
rottet werden von ihrem Volk.' So weit geht Moses in
305 D seiner frommen Scheu beim Genuss der Opfer. Ich muss
305 E übrigens noch einmal auf das bereits früher Bemerkte
zurückkommen, zu dem auch das, was ich eben gesagt
habe, in Beziehung steht. Warum lasst ihr euch, wenn
ihr euch schon von uns getrennt habt, nicht an dem Gesetze der Juden genügen und bleibet den Worten Mosis
nicht treu? Gewiss wird irgend ein Scharfsichtiger sagen:
Es opfern ja auch die Juden nicht. Den kann ich aber
als sehr blödsichtig erweisen. Denn erstlich beobachtet
ihr auch nichts von dem, was sonst noch bei den Juden
Brauch ist, und zweitens opfern die Juden sehr wohl im
306 A eigenen Hause, essen auch jetzt noch nur Geweihtes, beten
vor dem Opfer und geben den rechten Schenkel als Opfergabe den Priestern. Da sie aber des Tempels und des
Opferaltars, oder, wie sie zu sagen pflegen, des Heilig-
thums beraubt sind, können sie von den Opferthieren
Gott keine Opfergabe darbringen. Warum aber opfert
ihr nicht, die ihr doch ein neues Opfer erfunden habt
und Jerusalems nicht bedürfet? Diese Frage habe ich
indessen zum Ueberfluss an euch gerichtet, denn ich habe
ebendasselbe schon im Anfange gesagt, wo ich zeigen wollte,
306 B dass die Juden mit den Heiden übereinstimmen, wenn
man von dem Glauben an einen alleinigen Gott absieht.
Dieser Glaube ist ihnen eigenthümlich und uns fremd,

während wir alles übrige irgendwie gemein haben, Tempel,
Heiligthümer und Altäre, Reinigungen und gewisse Vor-
schriften. In allen diesen Dingen weichen wir entweder
durchaus gar nicht, oder nur in Kleinigkeiten von einander
ab. Unsere christliche Lehre verfehlt nach der Meinung Julians 314 A
den Glauben beider, weil wir nämlich weder eine Vielheit von
Göttern annähmen, noch einen einzigen nach dem Gesetze, sondern
vielmehr drei Götter anstatt eines einzigen bekännten [1]).

Warum seid ihr in eurer Lebensweise nicht rein wie 314 C
die Juden, glaubet vielmehr dem Petrus und erkläret, man
müsse alles essen wie das Kraut des Gartens, weil — so
behaupten die Christen — Petrus gesagt habe: 'Was
Gott gereinigt hat, das mache du nicht gemein.' Was
legt Zeugniss ab für die Behauptung, dass Gott vor Zeiten
diese Dinge für unrein erachtet, jetzt dagegen rein ge- 314 D
macht hat? Wo Moses betreffs der vierfüssigen Thiere
seinen Willen äussert, sagt er, alles was die Klauen spalte
und wiederkäue, solle rein sein und alles andere unrein.
Wenn nun das Schwein seit dem Gesicht des Petrus die
Eigenschaft des Wiederkäuens angenommen hat; so wollen
wir dem Petrus folgen; denn es wäre in Wahrheit wunder-
bar, wenn es diese Eigenschaft nach dem Gesicht des
Petrus angenommen. Hat dieser aber fälschlich vorgegeben,
die erwähnte Offenbarung, um mich eurer Redeweise zu 314 E
bedienen, oben auf dem Hause des Gerbers geschaut zu
haben, dürfen wir dann bei so wichtigen Dingen so leicht
zum Glauben geneigt sein? Hat euch Moses denn überhaupt etwas schweres auferlegt, wenn er euch ausser dem
Genuss des Schweinefleisches auch den des Geflügels und
der Seethiere untersagt und es euch verkündet hat, dass
Gott ausser dem Schweinefleisch auch dies verworfen und
für unrein erklärt habe? Doch was lasse ich mich erst 319 D
des Breiteren über das Gerede der Christen aus, da es ja
leicht ist zu erkennen, ob dasselbe irgend welchen Werth
hat? Sie behaupten, Gott habe zu dem früheren Gesetze
nun ein zweites gegeben. Das erstere habe für einen bestimmten Zeitraum gegolten, der in einer abgegrenzten

---

1) Worte Cyrills.

Frist sein Ende fand, und das spätere sei eben in die
Erscheinung getreten, weil das mosaische Gesetz zeitlich
und örtlich begrenzt war. Dass diese Behauptung der
Christen eine Lüge ist, kann ich deutlich dadurch beweisen, dass ich aus den Büchern Mosis nicht zehn,
319 E nein, zehntausend Stellen als Belege beibringe, in denen
Moses das Gesetz als ewig bezeichnet. Vernehmet zunächst
eine aus dem Exodus: 'Und ihr sollt diesen Tag haben 2.Mos.12,14.
zum Gedächtniss und sollt ihn feiern dem Herrn zum
Fest, ihr und alle eure Nachkommen; als ewigen Brauch
sollt ihr ihn feiern. Sieben Tage sollt ihr ungesäuert 2.Mos.12,15.
Brot essen, und mit dem ersten Tage sollt ihr das ge-
säuerte Brot aus euren Häusern entfernen'......¹) Die
Stellen, die ich eben angeführt, werden meines Erachtens
320 A genügen; es sind jedoch noch viele ähnliche übrig. Durch
diese die Ewigkeit des mosaischen Gesetzes zu beweisen,
lehne ich ihrer grossen Anzahl wegen ab. Ihr dagegen
mögt mir zeigen, wo das steht, was später Paulus zu
sagen sich erkühnt hat, dass 'Christus des Gesetzes Ende' Röm. 10, 4.
320 B sei. Wo hat Gott den Hebräern ein zweites Gesetz neben
dem bestehenden verheissen? Nirgends, nicht einmal eine
Revision des bestehenden. Vernimm nur wiederum den
Moses: 'Ihr sollt nicht dazu thun, das ich euch gebiete, 5. Mos. 4, 2.
und sollt auch nichts davon thun. Bewahret die Gebote
des Herrn eures Gottes, die ich euch heute gebiete'; und
'verflucht ist jeder, der nicht in allen bleibet'. Ihr aber ?
habt es für etwas geringes erachtet, von den Worten des
Gesetzes etwas zu streichen und etwas dazu zu thun, und
eine vollständige Uebertretung desselben für weitaus mann-
320 C hafter und starken Geistern angemessener. Dabei hattet
ihr nicht die Wahrheit im Auge, sondern die Leichtigkeit,
324 E überall Anklang zu finden. Julian erwähnt auch den Brief,
den die heiligen Apostel an die aus den Heiden berufenen geschrieben haben, deren Geist fast karg war und eben erst aufblühte.
325 A 'Denn es gefällt dem heiligen Geist und uns, sagten die Apostel, Apg. 15, 8.
euch keine Beschwerung mehr aufzulegen, denn nur diese nöthigen Apg. 15, 29.

---

1) Es fehlen mehrere Stellen ähnlichen Inhalts aus dem Alten
Testament.

Stücke, dass ihr euch enthaltet vom Götzenopfer und von Hurerei
und vom Erstickten und vom Blut.' Julian deutet an und erklärt, es
liege keineswegs in diesen Worten, dass es dem heiligen Geist gefallen, das mosaische Gesetz ausser Kraft treten zu lassen [1]). Ausser- 325 C
dem verspottet der edle Julian den auserwählten unter den heiligen
Aposteln, den Petrus, nennt ihn einen Heuchler und behauptet,
Paulus habe ihn überführt als einen, der bald nach den hellenischen
Bräuchen, bald nach denen der Juden leben wolle [2]).

Ihr seid so elend, dass ihr nicht einmal dem treu 327 A
bleibt, was die Apostel euch überliefert haben; auch dies
haben die Nachkommen in noch grösseres Uebel und
ärgere Gottlosigkeit verkehrt. Jesum wenigstens hat weder
Paulus noch Matthäus noch Lucas noch Marcus Gott zu
nennen gewagt. Vielmehr hat zuerst der wackere Johannes
sich erkühnt, diese Bezeichnung zu gebrauchen, da er be- 327 B
merkte, dass bereits eine grosse Menge in vielen Hellenischen und Italischen Städten von dieser Krankheit ergriffen
sei, und da er meines Erachtens hörte, dass selbst die
Gräber des Petrus und Paulus verehrt würden, zwar heimlich, aber er hörte doch davon. Nachdem er einiges von
Johannes dem Täufer erzählt, lenkt er wieder auf den von
Joh. 1, 14. diesem verkündeten Logos zurück und sagt: 'Und der
Logos ward Fleisch und wohnte unter uns'; wie das aber
zuging, verschweigt er aus Scheu. Nirgends nennt er ihn
Jesus oder Christus, so lange er ihn offen Gott und Logos 327 C
nennt; leise und heimlich stiehlt er sich gleichsam unser
Ohr und sagt, Johannes der Täufer habe dieses Zeugniss
von Jesu Christo abgelegt, weil ja eben dieser es sei, den
man für den Gott Logos habe halten müssen. Indessen 333 B
will auch ich dem nicht widersprechen, dass der Täufer
dies wirklich von Jesu Christo aussagt. Gleichwohl behaupten einige unter diesen Gottlosen, dass Jesus Christus
ein anderer sei als der von Johannes verkündete Logos. 333 C
Das ist jedoch keineswegs der Fall. Denn der Evangelist
behauptet, den, den er selbst für den Gott Logos erklärt,
habe Johannes der Täufer erkannt, und das sei Jesus
Christus gewesen. Beachtet wohl, wie vorsichtig, leise und

---

1) Worte Cyrills.
2) Worte Cyrills.

heimlich er am Schluss des Dramas den Trumpf der Gottlosigkeit ausspielt, und wie er in seinem Frevel und seinem
Betruge so weit geht, um wieder Ausflüchte zu machen
und hinzuzufügen: 'Niemand hat Gott je gesehen. Der   Joh. 1, 18.
eingeborne Sohn, der in des Vaters Schooss ist, der hat
333 Des verkündiget.' Ist nun Jesus der Fleisch gewordene
Gott Logos, der eingeborne Sohn, der in des Vaters
Schooss ist, und wenn er, den ich meine, es wirklich ist,
so habet auch ihr offenbar Gott gesehen. Denn 'er wohnete   Joh. 1, 19
unter euch, und ihr sahet seine Herrlichkeit'. Was fügst du
nun hinzu, niemand habe Gott je gesehen? Denn ihr
habet ihn wohl gesehen, wenn auch nicht Gott Vater, so
doch den Gott Logos. Ist aber der eingeborne Sohn ein
anderer als der Gott Logos, wie ich einige von eurer
Sekte habe sagen hören, so hätte auch schon Johannes
sich nicht in dieser Weise äussern dürfen.

335 B   Dies eine Uebel geht auf Johannes zurück. Wer
könnte aber gebührend seinen Abscheu über die Menge
äussern, die ihr nach einander hinzuerfunden habt, indem
ihr zu dem alten Todten neue Todte in grosser Anzahl
335 C fügtet. Alles habt ihr mit Gräbern und Grabmälern er-
füllt, und doch findet sich nirgends in euren Schriften ein
Gebot, dass ihr zu den Gräbern euch wälzen und sie verehren solltet. So weit seid ihr in der Verworfenheit ge-
diehen, dass ihr glaubt, hierin nicht einmal auf die Worte
Jesu von Nazareth hören zu brauchen. Höret nun, was
dieser von den Gräbern sagt: 'Wehe euch Schriftgelehrten Matth. 23, 27.
und Pharisäern, ihr Heuchler, die ihr gleich seid wie die
übertünchten Gräber; auswendig scheint das Grab hübsch,
aber inwendig ist es voller Todtenbeine und alles Un-
flaths.' Wie könnt ihr nun bei den Gräbern Gott anrufen, wenn Jesus gesagt, sie seien voller Unflath?
Julian fügt folgendes hinzu: Auch als ein Jünger sagte 'Herr, er- Matth. 8, 21.
laube mir, dass ich hingehe, und zuvor meinen Vater begrabe',
habe Jesus geantwortet: 'Folge du mir und lass die Todten ihre Matth. 8, 22.
339 E Todten begraben' [1]). Warum wälzt ihr euch nun zu den
Gräbern, wenn dies also steht? Wollt ihr den Grund

---

1) Worte Cyrills.

Jes. 65, 4. hören? Nicht ich will ihn nennen, sondern Jesaia: 'In den Gräbern und Höhlen schlafen sie wegen der Traumgesichte.' Bemerket wohl, wie alt bei den Juden diese 340 A Thätigkeit der Zauberei ist, dass sie in den Gräbern der Traumgesichte wegen schlafen. Wahrscheinlich haben auch eure Apostel nach dem Tode des Meisters dies Geschäft betrieben, haben es von vornherein euch, nämlich den ersten Gläubigen überliefert und selbst geschickter als ihr die Zauberei ins Werk gesetzt, und haben den folgenden Geschlechtern offen die Stätten dieser Zauberei und Scheusslichkeit gewiesen.

Eifrig betreibt ihr Dinge, über die Gott von Anfang 343 C an seinen Abscheu durch Moses und die Propheten geäussert hat, dagegen lehnt ihr es ab, Opferthiere zum Altar zu führen und zu opfern. Es fährt ja kein Feuer mehr hernieder, wie zur Zeit des Moses, und verzehrt die 3. Mos. 9, 24. Opfer, sagen die Christen. Das ist einmal zur Zeit des 343 D 1. Kön. 18, 38. Moses geschehen und lange Zeit darauf noch einmal bei Elias dem Thesbiter. Sodann hat, wie ich kurz darlegen werde, Moses und noch vor ihm der Patriarch Abraham verlangt, dass man Feuer zum Opfer heranbringe. Julian erwähnt die Geschichte von Isaak¹). Und ausserdem berichtet 346 E Moses Folgendes, als die Söhne Adams Gott die Erstlinge 1. Mos. 4, 4. opferten: 'Gott sah gnädiglich an Abel und seine Gabe. 1. Mos. 4, 5. Aber auf Kain und sein Opfer achtete er nicht. Und es 347 A betrübte den Kain sehr, und seine Geberden verstellten 1. Mos 4, 6. sich. Da sprach der Herr zu Kain: Warum ergrimmest 1. Mos. 4, 7. du? Und warum verstellen sich deine Geberden? Hast du nicht gefehlt, wenn du zwar richtig eine Gabe herzugebracht, aber nicht richtig getheilt hast?' Verlanget ihr 1. Mos. 4, 3. nun zu hören, welcher Art ihre Gaben waren? 'Und es begab sich nach etlichen Tagen, dass Kain dem Herrn 1. Mos. 4, 4. Opfer brachte von den Früchten des Feldes. Und Abel brachte auch von den Erstlingen seiner Heerde und von 347 B ihren Fetten.' Gott hat ja aber, sagen die Christen, nicht das Opfer, sondern die Vertheilung getadelt, wenn er zu

---

1) Worte Cyrills.

Kain sagte: 'Hast du nicht gefehlt, wenn du zwar richtig 1. Mos. 4, 7.
eine Gabe herzugebracht, aber nicht richtig getheilt hast?'
Das hat mir einer von den hochweisen Bischöfen erwidert;
dieser belog zunächst sich selbst und dann auch die
übrigen. Aufgefordert zu sagen, worin denn eigentlich
das Tadelhafte der Vertheilung bestanden habe, wusste er
es nicht auseinanderzusetzen, ja, er konnte nicht einmal ein paar Redensarten vor mir machen. Als ich ihn
347 C nun in höchsten Nöthen sah, sprach ich: 'Eben das, was
du behauptest, hat Gott mit vollem Recht getadelt. Die
bereitwillige Gesinnung war bei beiden gleich, denn beide
erkannten ihre Verpflichtung an, Gaben und Opfer Gott
darzubringen. In der Vertheilung aber traf der eine das
Rechte, und der andere verfehlte es. Wie das und auf
welche Weise? Von den irdischen Dingen sind die einen
beseelt und die anderen leblos; höheren Werth aber bei
dem lebendigen und Leben verleihenden Gott als das Un-
beseelte hat das Lebendige. Wie Gott nun unmittelbarer
des Lebens und der Seele theilhaft wurde, so ward er
gnädig über den, der das vollkommene Opfer ihm dargebracht.'

351 A   Jetzt muss ich noch einmal an die Christen die Frage
richten: Warum lasst ihr euch denn nicht beschneiden?
Paulus, entgegnen sie, sagt, die Beschneidung des Herzens, vgl. Röm. 4,
und nicht des Fleisches sei dem Abraham für seinen 11. 12.
Glauben gegeben. Er spräche nicht von fleischlicher Beschneidung, und man müsse den frommen Worten glauben,
die er und Petrus verkündet. Höre dagegen, dass Gott
die Beschneidung im Fleisch dem Abraham zum Bunde
351 B und zum Zeichen gegeben: 'Das ist aber mein Bund, 1. Mos. 17, 10.
den ihr halten sollt zwischen mir und euch und deinem
Samen für eure Geschlechter. Ihr sollt aber die Vor- 1. Mos. 17, 11.
haut an eurem Fleisch beschneiden. Dasselbe soll ein
Zeichen sein des Bundes zwischen mir und dir, und zwischen
mir und deinem Samen.' Julian fügt folgendes hinzu: Christus
selbst habe die Beobachtung des Gesetzes verlangt und an einer
351 C Stelle gesagt: 'Ich bin nicht gekommen das Gesetz oder die Pro- Matth. 5, 17.
pheten aufzulösen, sondern zu erfüllen'; und an einer anderen:
'Wer eins von diesen kleinsten Geboten auflöset und lehret die Matth. 5, 19.

Leute also, der wird der Kleinste heissen im Himmelreich[1]).
Wenn Christus demgemäss unzweifelhaft gelehrt hat, man
habe das Gesetz zu beobachten, und wenn er Strafen über
die verhängt, welche ein einziges Gebot übertreten, wie
werdet ihr dann ein Mittel zu eurer Vertheidigung finden,
die ihr alle Gebote insgesammt übertreten? Denn entweder wird sich Jesus als Lügner erweisen, oder ihr werdet
in allen Stücken durchaus als Gesetzesverächter dastehen. 351 D
vgl. 1. Mos. 17, 13. 'Die Beschneidung soll an deinem Fleische sein', sagt 354 A
Moses. Die Christen aber hören nicht auf ihn und sagen:
'Wir beschneiden unsere Herzen.' Gewiss. Denn bei euch
findet sich kein Uebelthäter und kein Bösewicht. So be-
schneidet ihr eure Herzen. Weiter erklären sie: 'An den
ungesäuerten Broten festzuhalten und das Pascha zu feiern
sind wir ausser Stande. Denn für uns ist Christus als
einmaliges Opfer gestorben.' Schön; hat er aber darum
den Genuss der ungesäuerten Brote untersagt? ⟨Diese
Vorwürfe müsst ihr euch von mir gefallen lassen⟩, und
dabei bin ich, bei den Göttern, einer von denen, die es 354 B
verschmähen mit den Juden Feste zu feiern; allerdings
verehre ich den Gott Abrahams, Isaaks und Jakobs.
Diese Männer, von Person Chaldäer, aus heiligem und
gottesfürchtigem Geschlecht, haben die Beschneidung ge-
lernt, da sie bei den Aegyptern als Fremdlinge wohnten.
Sie verehrten den Gott, der mir und allen denen, die ihm
auf dieselbe Weise dienten, wie Abraham ihm diente,
gnädig war, ein gar gewaltiger und mächtiger Gott, an
dem ihr aber keinen Theil habt. Denn ihr folgt nicht
dem Beispiele des Abraham, errichtet Gott keine Altäre,
bauet ihm keine Opfertische und dienet ihm nicht, wie 356 C
Abraham, im Opferdienst. Denn Abraham opferte, wie auch 354 C
wir, beständig immerdar. In der Mantik bediente er sich
des Verfahrens mit den Sternschnuppen; vielleicht ist auch
dies hellenischer Brauch. In höherem Grade befliss er
vgl. 1. Mos. 24, 43 ff. sich der Vogelschau. Er hatte sogar einen Hausverwalter,
der etwas auf Zeichen gab. Sollte einer von euch un- 356 D
gläubig sein, so will ich klar und deutlich aufweisen, was

---

1) Worte Cyrills.

Moses selbst über diese Angelegenheiten mitgetheilt: 'Nach 1. Mos. 15, 1.
diesen Geschichten begab sich's, dass zu Abraham geschah
das Wort des Herrn im Gesicht des Nachts: Fürchte dich
nicht Abraham, ich beschütze dich. Dein Lohn wird sehr
gross sein. Abraham aber spricht: Herr, was willst du 1. Mos. 15, 2.
mir geben? Ich gehe dahin ohne Kinder, und der Sohn
Maseks, meiner Sklavin, wird mich beerben. Und sogleich 1. Mos. 15, 4.
liess sich die Stimme Gottes vernehmen, die zu ihm sprach:
Er soll nicht dein Erbe sein, sondern der von deinem
356 E Leibe kommen wird, der soll dein Erbe sein. Und er 1. Mos. 15, 5.
hiess ihn hinausgehen und sprach zu ihm: Siehe gen
Himmel und zähle die Sterne, ob du sie zählen kannst.
Und sprach: Also soll dein Same werden. Und Abraham 1. Mos. 15, 6.
glaubte dem Herrn, und das rechnete er ihm zur Gerechtigkeit.'. Sagt mir doch, warum hat Gott, mag er nun
diesen Namen oder den eines Engels tragen, den Abraham
herausgeführt und ihm die Sterne gezeigt? Hat er es
etwa drinnen nicht wissen können, wie gross wohl die
Menge der Sterne sei, die stets des Nachts sichtbar sind
357 A und funkeln? Ich glaube vielmehr, er that es in der Absicht, ihm die Sternschnuppen zu zeigen, um als sichtbares Unterpfand seiner Worte die alles erfüllende und
358 C beschliessende Stimme des Himmels zu gewähren. Damit
aber niemand eine solche Erklärung für gezwungen halte,
will ich hersetzen, was auf die oben angeführte Stelle
folgt, und ihn so überzeugen. Es steht Folgendes darnach geschrieben: 'Ich bin der Herr, der dich aus dem 1. Mos. 15, 7.
Lande der Chaldäer geführt hat, dass ich dir dies Land
zu besitzen gebe. Abraham aber sprach: Herr, Herr, wo- 1. Mos. 15, 8.
358 D bei soll ich's merken, dass ich's besitzen werde? Und er 1. Mos. 15, 9
sprach zu ihm: Bringe mir eine dreijährige Kuh, und eine
dreijährige Ziege, und einen dreijährigen Widder, und
eine Turteltaube, und eine junge Taube. Und er brachte 1. Mos. 15, 10.
ihm solches Alles und zertheilte es mitten von einander,
und legte ein Theil gegen das andere über; aber die Vögel
zertheilte er nicht. Und das Gevögel fiel auf die Stücke, 1. Mos. 15, 11.
und Abraham sass bei ihnen.' Seht ihr, wie die Ver-
heissung des Engels oder Gottes, der erschienen, durch die

Vogelschau bekräftigt wird, und wie die Wahrsagung nicht beiläufig, wie bei euch, sondern in Begleitung von Opfern bewerkstelligt wird? Ferner deutet der Engel an, dadurch, 358 E dass die Vögel herzugeflogen, habe er die Verheissung als gültig erwiesen. Abraham aber nimmt das Unterpfand an und erklärt, dass ohne Wahrheit ein Unterpfand Thorheit und Verblendung sei. Die Wahrheit aber kann man nicht aus einem blossen Worte erkennen; vielmehr muss den Worten auch ein sichtbares Zeichen folgen, dessen Erfolg die für die Zukunft gegebene Voraussagung verbürgt. Julian berichtet aber, dass auch ihm selbst Vögelstimmen zu Theil 361 D geworden seien, die ihn belehrt, dass er auf dem Stuhle des König- thums sitzen würde[1]). Es bleibt euch eine einzige Entschul- 351 D digung für eure Nachlässigkeit in diesen Dingen, nämlich dass es nicht erlaubt ist, ausserhalb Jerusalems zu opfern, 324 C obwohl auch Elias auf dem Karmel und nicht in der heiligen Stadt geopfert hat.

---

1) Worte Cyrills.

Fragmente aus dem zweiten Buch.

Von Cyrill im 11. Buch gegen Julian behandelt.

1.

Hieronymus Comm. zum Matth. Buch I. Cap. III.
(Bd. VII. S. 11 Vall. 2.):

'Jakob aber zeugte den Joseph.' Hier hat der Kaiser Julian Matth. 1, 16.
uns einen Widerspruch der Evangelisten zum Vorwurf gemacht und
gefragt, warum Matthäus den Joseph einen Sohn Jakobs und Lucas Matth. 1, 16.
ihn einen Sohn Elis nennt. Luc. 3, 23.

2.

Cyrill gegen Julian Fragm. 3:

Jener Stern aber war keiner von den gewöhnlichen und auch Matth. 2, 2.
nicht der Morgenstern, wofür ihn Julian ausgiebt.

Von Cyrill im 12. Buch behandelt.

3.

Julian bei Theodor von Mopsuestia, Comm. zum neuen
Testament hg. von Fritzsche, S. 18, 3:

Solche Dinge sind oft geschehen und geschehen noch vgl. Matth.
häufig. Wie soll so etwas ein Anzeichen der Endzeit sein? 24, 5 ff.

4.

Julian bei Theodor von Mopsuestia a. a. O. S. 13, 11:

Moses hat nach vierzigtägigem Fasten das Gesetz 2. Mos. 24, 28.
empfangen, und nachdem Elias eben so lange gefastet, ist 1. Kön. 19, 8.
es ihm zu Theil geworden, Gott von Angesicht zu schauen.
Was hat dagegen Jesus für eine eben so lange Zeit des Matth. 4, 2.
Fastens erhalten?

5.

Theodor von Mopsuestia a. a. O. S. 14, 19:

Warum wunderst du dich darüber (sc. o Julian), dass der Matth. 4, 8.
Teufel Jesum auf einen sehr hohen Berg geführt haben soll, da
doch kein hoher Berg in der Wüste gewesen?

6.

Julian bei Theodor von Mopsuestia a. a. O. S. 15, 2:

Matth. 4, 5. Und wie konnte er Jesum auf die Zinne des Tempels führen, da er doch in der Wüste war?

7.

Julian bei Theodor von Mopsuestia a. a. O. S. 16, 8:

Luc. 22, 42. Ferner betet Jesus auch in einer Weise, wie es wohl ein elender Mensch thut, der sein Unglück leicht zu tragen Luc. 22, 43. nicht vermag; und von einem Engel lässt er als Gott sich stärken. Wer hat dir denn aber die Geschichte von dem Engel erzählt, Lucas, — wenn sie sich überhaupt zugetragen hat? Nicht einmal diejenigen, die bei dem Gebet zugegen waren, wären im Stande gewesen, den Engel Luc. 22, 45. zu sehen; denn sie schliefen. Demgemäss fand sie auch Jesus, als er von dem Gebete kam, vor Traurigkeit schlafen Luc. 22, 46. und sprach: 'Was schlafet ihr? Stehet auf und betet' u. s. w.; Luc. 22, 47. und ferner: 'Da er aber noch redete, siehe die Schaar und Judas.' Dem entsprechend hat auch Johannes nichts davon geschrieben; denn er hat auch nichts gesehen.

Von Cyrill im 14. Buch behandelt.

8.

Cyrill Fragm. 18:

Julian tadelt die heiligen Evangelisten, weil sie in Folgendem Matth. 28, 1. sich widersprächen. Nach Matthäus kamen Maria Magdalena und die andere Maria zum Grabe am Abend, welcher anbricht am ersten Marc. 16, 2. Tage des Festes; nach Marcus dagegen sehr frühe, da die Sonne Matth. 28, 2. aufging. Bei Matthäus sahen sie einen Engel und bei Marcus einen
Marc. 16, 5.
Matth. 28, 8. Jüngling. Bei Matthäus gingen sie heraus und verkündeten den Marc. 16, 8. Jüngern die Auferstehung Christi, und bei Marcus schwiegen sie und sagten niemand etwas. Deswegen tadelt Julian die Schriften der Heiligen und sagt, einer stände gegen den andern.

Von Cyrill im 15. Buch behandelt.

9.

Cyrill Fragm. 20, Ueberschrift:

Worte des heiligen Cyrill aus dem 15. Buche gegen Julian, wo Julian darüber spottet, dass unser Herr ass und trank.

Von Cyrill im 16. Buch behandelt.

10.

Cyrill Fragm. 31, Ueberschrift:

Worte des heiligen Cyrill aus dem 16. Buche gegen Julian Matth. 5, 17. den Abtrünnigen, wo dieser Christum getadelt, weil er gesagt, er sei Matth. 5, 19. gekommen, das Gesetz zu erfüllen, und, wer eins von diesen kleinsten Geboten auflöse, werde der kleinste heissen.

Julian:

Jesus hat den Sabbath gebrochen. Denn er sagt: Matth. 12, 8. 'Des Menschen Sohn ist ein Herr auch über den Sabbath'; und: 'Was zum Munde eingehet, verunreinigt den Menschen nicht', während doch das Gesetz gewisse Speisen für unrein erklärt.

Von Cyrill im 17. Buch behandelt.

11.

Cyrill Fragm. 39:

Julian tadelt mit Unrecht diejenigen, welche Gott für die Sünder anrufen, glaubt, dass dieselben vom rechten Wege abwichen und erklärt alle, welche mit Uebelthätern Mitleid empfinden, selbst für Bösewichter.

Von Cyrill im 18. Buch behandelt.

12.

Julian bei Photios, Amphil. Untersuch. 101:

Vernehmt eine treffliche und staatsmännische Mahnung: 'Verkaufet eure Habe und gebt sie den Armen. Machet Luc. 12, 33. euch Säckel, die nicht veralten.' Kann jemand wohl ein Gebot nennen, das von mehr staatsmännischer Einsicht zeugt? Wird es wohl noch einen Käufer geben, wenn alle dir folgen? Kann jemand eine Lehre billigen, bei deren Durchführung kein Staat, kein Volk und keine Familie mehr zusammenhalten kann? Wie kann denn noch ein Hauswesen oder eine Familie in Ehren dastehen, wenn sie alles verkauft hat? Und dass es auch keinen Handelstand mehr geben würde, wenn alles zugleich im Staate verkauft würde, ist unleugbar und wird doch mit Stillschweigen übergangen.

13.

Cyrill **Fragm.** 48, Ueberschrift:

Wo Julian die Christen wegen ihres Märtyrerkultes verspottet, entgegnete Cyrill Folgendes.

Unbestimmt, wo von Cyrill behandelt.

14.

Cyrill gegen Julian S. 168 A:

Julian behauptet, Esra habe aus eigner Machtvollkommenheit Einiges zu den Büchern Mosis hinzugefügt.

15.

Hieronymus, Comment. zum Hosea B. III. C. XI. (Bd. VI. S. 123 Vall. 2.):

Hos. 11, 1.   Diese Stelle[1]) begeifert der Kaiser Julian in dem siebenten Buche, das er gegen uns Christen ausgespieen hat, und sagt:

Hos. 11, 1.
Matth. 2, 15.   Was von Israel gesagt ist, hat der Evangelist Matthäus auf Christus bezogen, um die Einfalt der Gläubigen aus den Heiden zu verhöhnen.

16.

Hieronymus, Comment. zum Matthäus B. I. C. IX. (Bd. VII. S. 50 Vall. 2.):

Matth. 9, 9.   An dieser Stelle[2]) will Porphyrius und der Kaiser Julian die Ungeschicklichkeit des Historikers im Lügen oder die Thorheit derer darlegen, die dem Heiland sogleich folgten, wie wenn dieselben unvernünftig dem Rufe eines beliebigen Menschen gefolgt seien.

---

1) Hos. 11, 1: Da Israel jung war, hatte ich ihn lieb, und rief ihn, meinen Sohn, aus Aegypten.

2) Matth. 9, 9: Und da Jesus von dannen ging, sah er einen Menschen am Zoll sitzen, der hiess Matthäus, und sprach zu ihm: Folge mir! Und er stand auf und folgte ihm.

Fragmente aus dem dritten Buch.

17.

Cyrill gegen Julian S. 250 B:

Es erwarten aber die Christen, auch der Auferstehung von den Todten in Christo theilhaft zu werden. Wie über alles andere, so spottet der Feind der Wahrheit auch hierüber und zwar ganz besonders; als ob der allmächtige Gott nicht im Stande wäre, den, der seiner eigenen Natur nach allerdings den Gesetzen des Vergehens unterworfen ist, auch über den Tod triumphiren zu lassen.

18.

Suidas u. d. W. $\dot{\alpha}\pi\acute{o}\nu o\iota\alpha$.

Und wiederum sagt Julian: Nicht im Voraus zu erkennen, was für Ereignisse möglich und unmöglich sind, ist ein Zeichen von äusserster Gedankenschwäche.

Verlag von B. G. Teubner in Leipzig.

Augustini, Sancti Aurelii, episcopi de civitate Dei libri XXII.
Iterum recognovit B. Dombart. 2 voll. 8. 1863. geh. ℳ 6. —
  Einzeln jeder Band à ℳ 3. —
  Vol. I. Lib. I—XIII. [X u. 599 S.]
  — II. Lib. XIV—XXII. Indices. [V u. 664 S.]

Dante Alighieri's göttliche Comödie. Metrisch übertragen
und mit kritischen und historischen Erläuterungen versehen
von Philalethes (König Johann von Sachsen). Neue, durch-
gesehene und berichtigte Ausgabe. Drei Theile. Prachtaus-
gabe. Lex.-8. 1865. 1866. geh. n. ℳ 25. —
  Einzeln:
  I. Theil: Die Hölle. Nebst einem Portrait Dante's (in Stahlstich), 1 (lith. u. color.)
      Karte u. 2 (lith.) Grundrissen der Hölle (in 4. u. Folio). [X u. 274 S.]
      n. ℳ 8. —
  II. — Das Fegefeuer. Nebst einem Titelkupfer von J. Hübner (in Stahlstich),
      1 (lith.) Karte und 1 (lith.) Grundrisse des Fegefeuers (in 4.). [VIII u. 312 S.]
      n. ℳ 8. —
  III. — Das Paradies. Nebst einem Titelkupfer von E. Bendemann (in Stahlstich),
      1 (lith. u. color.) Grundriss von Florenz (Royal-Folio), 1 (lith.) Darstellung
      des Sitzes der Seligen und 1 (lith.) Karte (Folio u. 4.). [XIII u. 398 S.]
      n. ℳ 9. —

———— dasselbe. Wohlfeile Ausgabe. Dritte Auflage. Drei
Theile. 8. 1877. geh. n. ℳ 9. —
  Einzeln:
  I. Theil: Die Hölle. Nebst einem Portrait Dante's (in Stahlstich), 1 (lith. u. color.)
      Karte und 2 (lith.) Grundrissen der Hölle (in 4. u. Folio). [VIII u. 300 S.]
      n. ℳ 2.80.
  II. — Das Fegefeuer. Nebst 1 (lith.) Karte und 1 (lith.) Grundrisse des Fege-
      feuers (in 4.) [VIII u. 344 S.] n. ℳ 2.80.
  III. — Das Paradies. Nebst 1 (lith. u. color.) Grundriss von Florenz (Royal-Folio),
      1 (lith.) Darstellung des Sitzes der Seligen und 1 (lith.) Karte (Folio u. 4.).
      [XII u. 447 S.] n. ℳ 3.40.
  Dante's Portrait. Abdruck in Folio. n. ℳ —.60.

Hutteni, Ulrichi, equitis Germani opera quae reperiri potuerunt
omnia. Edidit Eduardus Böcking. Ulrich's von Hutten
Schriften, herausgegeben von Eduard Böcking. 5 Voll.
Lex.-8. 1859 — 1870. n. ℳ 86. — [Mit Supplementen
n. ℳ 133. —]
  Einzeln:
  Vol. I. et II. A. u. d. T.: Epistolae Ulrichi Hutteni equitis item ad eundem deque
      eodem ab aliis ad alios scriptae. Collegit recensuit adnotavit variaque quae
      ad Hutteni vitam librosque spectant scripta adiecit Eduardus Böcking.
      Vol. I. (Briefe von 1506—1520.) [CXX u. 462 S.] 1859. Mit Hutten's Portrait
      n. ℳ 18. — Vol. II. (Briefe von 1521—1525.) [515 S. mit 1 lith. Facsimile
      in Folio.] 1859. n. ℳ 16. —
  Vol. III. A. u. d. T.: Poemata cum corollariis. Collegit recensuit adnotavit Eduardus
      Böcking. — Ulrich's von Hutten poetische Schriften mit erläuternden Zu-
      gaben herausgegeben und mit Anmerkungen versehen von Eduard Böcking.
      (Mit zahlreichen Facsimile der Illustrationen der ältesten Originalausgaben
      in Holzschnitt.) [XXX u. 578 S.] Lex.-8. 1862. ,n. ℳ 13. —

Verte!

Vol. IV. A. u. d. T.: Ulrichi Hutteni equitis dialogi item Pseudohuttenici nonnulli. Collegit recensuit adnotavit EDUARDUS BÖCKING. Ulrich's von Hutten und irrig ihm zugeschriebene Gespräche, Originalien und gleichzeitige Uebersetzungen, herausgegeben und mit Anmerkungen versehen von EDUARD BÖCKING. Mit einer lithogr. Ansicht vom Stackelberg. [692 S.] 1860. n. $\mathcal{M}$ 18.—

Vol. V. A. u. d. T.: Orationes et scripta didascalia cum corollariis. Collegit recensuit adnotavit EDUARDUS BÖCKING. — Ulrich's von Hutten Reden und Lehrschriften mit erläuternden Zugaben, Originalien und gleichzeitigen Uebersetzungen herausgegeben und mit Anmerkungen versehen von EDUARD BÖCKING. [VIII u. 515 S.] Lex.-8. 1861. n. $\mathcal{M}$ 16.—

Hutteni, Ulrichi, operum supplementum. Epistolae obscurorum virorum cum inlustrantibus adversariisque scriptis. Collegit recensuit adnotavit EDUARDUS BÖCKING. 2 tomi. Lex.-8. 1864—1870. geh. n. $\mathcal{M}$ 47.—

Einzeln:

Tom. I. Textus. [XXX u. 536 S. mit 1 lithogr. Facsimile. Addenda ad Hutteni operum voll. I, II. 15 S.] 1864. n. $\mathcal{M}$ 16.—

Tom. II. pars I. Indices ad epistolas obscurorum virorum. [S. 1—288.] 1869. n. $\mathcal{M}$ 11.—

Tom. II. pars II. Index biographicus et onomasticus. Commentarius sive ad epistolarum obscurorum virorum varias partes adcuratius explicandas adnotatio. — Addenda et emendanda ad Hutteni opp. voll. I—VII. [S. 289—823.] 1870. n. $\mathcal{M}$ 20.—

Die Göttinger gelehrten Anzeigen 1871, No. 2 sprechen sich folgendermassen aus: „Diese nun vollendete grossartige Sammlung von Huttens Werken enthält in den 5 ersten starken Bänden eine mit peinlicher Genauigkeit, die sich oft selbst auf das Aeussere, das Nachahmen der alten Schriftzeichen erstreckt, besorgte, mit strenger Kritik von den unzähligen Fehlern der früheren gereinigte, mit zahlreichen, werthvollen Anmerkungen sachlichen, biographischen, bibliographischen Inhalts versehene Ausgabe aller Schriften Ulrichs von Hutten: der Briefe, Gedichte, Reden, Dialoge, Streit- und Lehrschriften. Viele einzelne Werke sind durch Einleitungen eingeführt. Daneben umfasst die Sammlung bei den Briefen alle von den Zeitgenossen an und über Hutten geschriebene Briefe, bei den übrigen Werken unter dem Gesammtnamen Corollarien eine grosse Anzahl Stücke, die nur irgend zur Erläuterung des Gegebenen dienen können.

Diesen 5 Bänden, einer Sammlung von Huttens Schriften, wie sie vollständiger und gediegener unmöglich gedacht werden kann, schliessen sich unter dem Titel Ulrici Hutteni Equitis Operum Supplementum 2 weitere Bände an, die wir am besten als eine Aktensammlung zur Geschichte des Reuchlinschen Streites in Deutschland bezeichnen können, mit Commentaren und Ausführungen sachlichen, sprachlichen, biographischen und chronologischen Inhalts."

Epistolae obscurorum virorum, dialogus ex obscurorum virorum salibus cribratus, adversariorum scripta: defensio Ioannis Pepericorni contra famosas et criminales obscurorum virorum epistolas, Ortuini Gratii lamentationes obscurorum virorum uno volumine comprehensa. Ad exempl. prima recensuit E. B. [IV u. 488, 374 u. 32 S.] 16. 1869. geh. n. $\mathcal{M}$ 4.—